集中外名家经典科普作品
全力打造科普分级阅读图书

ZHIWU DE "ZIWEI" BENGLING

植物的"自卫"本领

陈龙银 薛贤荣 薛艳 主编
胡祁人 等编著

少儿科普精品分级阅读
（9~12岁）

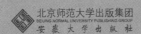

北京师范大学出版社集团
安徽大学出版社

图书在版编目(CIP)数据

植物的"自卫"本领/陈龙银,薛贤荣,薛艳主编;胡祁人等编著.—合肥:安徽大学出版社,2015.9

(少儿科普精品分级阅读.9～12岁)

ISBN 978-7-5664-0995-9

Ⅰ.①植… Ⅱ.①陈… ②薛… ③薛… ④胡… Ⅲ.①阅读课-小学-课外读物 Ⅳ.①G624.233

中国版本图书馆 CIP 数据核字(2015)第 183741 号

出版发行:北京师范大学出版集团
　　　　　安 徽 大 学 出 版 社
　　　　　(安徽省合肥市肥西路3号 邮编230039)
　　　　　www.bnupg.com.cn
　　　　　www.ahupress.com.cn

印　　刷:	合肥添彩包装有限公司
经　　销:	全国新华书店
开　　本:	170mm×240mm
印　　张:	8.25
字　　数:	80千字
版　　次:	2015年9月第1版
印　　次:	2015年9月第1次印刷
定　　价:	15.80元

ISBN 978-7-5664-0995-9

策划编辑:钟　蕾		装帧设计:徐　芳　李　军
责任编辑:李　倩		美术编辑:李　军
责任校对:程中业		责任印制:赵明炎

版权所有　侵权必究

反盗版、侵权举报电话:0551-65106311
外埠邮购电话:0551-65107716
本书如有印装质量问题,请与印制管理部联系调换。
印制管理部电话:0551-65106311

顺应时代需求，荟萃科普精品

陈龙银　薛贤荣

在多地为青少年举办的"好书推荐"与"最受欢迎的图书评比"活动中，科普作品都占有相当大的比重。不但家长和老师希望孩子们多读科普作品，以汲取知识、启迪智慧，而且孩子们自己也非常愿意阅读此类作品，他们觉得对自己的成长有所裨益。

科普作品（包括科幻作品）是科学与文学相结合的产物，此类书在中国的萌芽最早可以追溯到20世纪初叶。

晚清时，中国的知识分子就开始思考用含有科学知识的文学作品启迪民智、更新文化。梁启超于1902年发表的《论小说与群治之关系》一文，强调了包括"哲理科学小说"在内的新小说对文化改良的巨大作用，并翻译了《世界末日记》《十五小豪杰》等西方科幻小说。鲁迅则认为"导中国人群以进行，必自科学小说始"，他翻译了凡尔纳的《月界旅行》《地底旅行》等科幻小说。《新中国未来记》《新石头记》《新纪元》《新中国》等早期科幻文学的一个个"新"，表达了中国人对工业化基础上民族复兴的渴望，所有主题都绕不开现代性的追求。

新中国成立后，特别是改革开放以后，科普作品出现了创作、出版与阅读的高潮。近年来，科普作品进一步与民族复兴的中国梦联系起来。在审美功能不被削弱的前提下，科普作品不仅被赋予了教育价值，还肩负起构筑民族国家精神、引导民族国家复兴的政治理想。人们对其价值与作用的认识达到了前所未有的高度。

本丛书就是在此大背景下问世的。

科普作品的作者一般由两类人构成：一是文学工作者，他们在文学作品中加入科学知识并期盼这些知识能得到普及；二是科学工作者，他们用文学的手法向读者介绍科学知识。具有科学知识的文学工作者与具有文学素养的科学工作者并不是很多，因而，就具体科普作品来说，要想克服忽略生动与感染力的通病，达到科学与文学水乳交融的境界，绝非易事。因此，优秀科普作品的总量不多。

打破地域、时间和作者身份的限制，广泛搜集科普精品，再将内容与读者年龄段精心匹配，使之成为一套科普阅读的精品书，这就是本丛书的编选方针。对于当前的普遍关注而又存在认识误区的话题，如食品安全、环保、转基因利弊等，丛书在选文时予以重点倾斜；对于事实上不正确而大多数人却认为正确的所谓"通说"，丛书则精心选用科普经典作品予以纠正。

本丛书的特点还体现在以下几个方面：

其一是分级，从小学到初中共分为九本，每年级一本。从选文到编排，都充分考虑到各年龄段读者的不同特点。如考虑到一、二年级段的小学生识字不多、注意力难持久集中、理性精神尚未觉醒等特点，在选文时多选短文，多选充满童心童趣的童话、故事，尽量避免出现难以理解的专业术语，并加注拼音。初中阶段读者的理解力已经很强了，故而选文篇幅加长，专业术语出现的频率也相对增多。总之，丛书的选编坚持"什么年级读什么书""循序渐进"和"难易适中"的原则，以免出现阅读障碍。

二是保护、激活读者求知与想象的天性。求知和想象本来是孩子的天性。但现在的教育不但忽视了对于孩子想象力的保护和培养，而且在一定程度上抑制了孩子的天性。本丛书力求让读者能轻松阅读、快乐阅读，力求所选作品能够保护孩子的想象力，开发孩子的创造力，让他们得以充分发展。

三是让读者在获得科学知识的同时培养其科学献身精神。科普作品是立足现实、面对未来的，了解知识固然重要，但对于正在成长的少年儿童来说，引导他们关注未来，激发他们去探索科学的真谛，为科学献身，则更加重要。这套书对培养他们的科学献身精神有着不可低估的作用。

目录

第一辑 动物奇境故事

打滚猫看眼病	2
小象团团的故事	4
鸟国奇遇记	8
苍蝇的杂技	22
白头翁学本领	25
它们怎样过冬	28
老鼠遇见袋鼠	31
马和河马比本领	35
萤火虫的新发现	38
吼猴叫板	41

第二辑 植物王国趣事

不幸的大森林	44
种子的传播	47
叶和根比本领	49
植物的"自卫"本领	52
有趣的"炮弹树"与"电树"	54
会哀鸣的树与会笑的树	56
神奇的光	58
植物捕虫的故事	60
车轮里的幼苗	63
第一个吃西红柿的人	65

第三辑 大自然寻秘

小兔和小羊的对话	70
小水滴的秘密	74
月球与地球	82
写在雪地上的书	84
谁的办法多	87
两个玩不到一块的朋友	91
月食和日食	94

第四辑
生活与科技探奇

狐狸的把戏	98
鱼缸里的泡泡	101
阿基米德与金王冠	107
被刺破的鸡蛋	109
白开水是最好的饮料	113
贪吃挑食的宁宁	115
患上肥胖病的小猪	117
小猴烧垃圾	120

第一辑
动物奇境故事

动物王国趣事多，奇妙的故事说不完。

动物王国真热闹，这里的动物惹人爱。

甲壳虫豆儿甲在鸟国会有什么奇遇？白头翁学到本领了吗？老鼠和袋鼠之间、马和河马之间都发生了什么有意思的事？……

读了下面的奇趣故事，你会了解更多新奇的动物知识，也会更加喜爱我们的朋友。

在快乐的阅读中学到知识，你一定会感到其乐无穷！

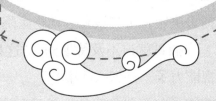

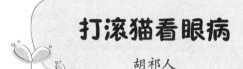

打滚猫看眼病

胡祁人

一天晚上,小拇哥在电脑前上网,打滚猫在看电视。电视里正播放着《猫和老鼠》的动画片。

忽然,屋里一片漆黑,什么也看不见了。

"嗨,真倒霉,怎么停电了!"打滚猫气得直跺脚。

"打滚猫,快,帮我把打火机和蜡烛找出来!"小拇哥吩咐道。

"小拇哥,我看不见,上哪儿找啊?"

"咦?你不是说过,猫有夜视能力,黑灯瞎火也没问题吗?怎么我一找你帮忙,就说看不见了,真是一只懒猫!"

"小拇哥,你可冤枉我了,我真的看不见,我以前可不是这样……"

打滚猫说得没错,他以前可以在晚上行动自如,抓很多老鼠。现在却不知怎么回事,一点也看不见了。

小拇哥没办法,只好自己摸黑去找打火机和蜡烛。

第二天,小拇哥决定,带打滚猫去动物医院。

一见到兽医,小拇哥就迫不及待地问:"这只猫现在晚上看不见东西,没有夜视能力了,是怎么回事?"

兽医仔细地检查了打滚猫的身体,然后问小拇哥:"他上一次吃老鼠是什么时候?"

"上一次吃老鼠?我记不得了,好像有很长时间了。"小拇哥摇摇头。

"唔，我知道了，那我给他开点药吧！"

"吃什么药呢？"

"老鼠药！"兽医一边回答，一边在处方上写着。

"什么？老鼠药？"小拇哥一惊，眼睛瞪得老大老大。

打滚猫听了，也吓得从小拇哥怀里跳到了地上。

这时，兽医开好了药，却笑嘻嘻地说："别怕别怕，我开的可不是那种有毒的老鼠药，而是让这只猫多吃老鼠。"

"哦……那为什么要让他多吃老鼠？"小拇哥不放心。

"因为老鼠身体里有一种物质，叫牛磺酸，可以增强动物的夜视能力。如果猫不吃老鼠，时间长了，就会丧失夜间活动能力。"兽医耐心地解释道。

小拇哥终于明白了，他抱起打滚猫，拍拍他的脑袋，说："打滚猫，你整天跟着我，竟然把自己的老本行都忘了，以后你可要多抓老鼠、多吃老鼠哦！"

就在这时，打滚猫一骨碌滚了下来，直往门口冲去。小拇哥扭头一看，原来，前面墙角边，正巧有一只老鼠，正大摇大摆地溜达着呢……

知识链接

猫以及夜行猫头鹰之所以要捕食老鼠，其主要原因是老鼠体内含有丰富的牛磺酸，多食可保持其锐利的视觉能力。

小象团团的故事

王 林

小象团团是马戏团里有名的表演能手。

这天,团团表演了许多拿手好戏——敲鼓、吹号、杂耍,还用鼻子拿笔,画了一幅有趣的画,送给了一个漂亮的小姑娘。

表演一结束,要和团团合影的人就排了一长串。最后和它合影的是一个小男孩和他的妈妈。他们一边拍照,小男孩的妈妈一边介绍:"大象是陆地上最大的动物。它们主要生长在非洲和亚洲南部。所以,世界上的大象就有两种——亚洲大象和非洲大象。非洲大象比亚洲大象高大,而且,非洲大象不论是雄象还是雌象,都长象牙,而雌性亚洲象的长牙是不外露的;非洲大象是卧下睡,不像亚洲象站着睡。"

"这么有趣啊!"小男孩听着妈妈的讲解,高兴得拍手叫起来。"它怎么有那么大的耳朵和那么长的牙齿呀?"小男孩接着问。

妈妈笑着说:"它那巨大的耳郭不仅能帮助谛听,还有散热功能呢。它的视力不是很好,但听觉很发达。当然,它还有同狗差不多的嗅觉。"

"大象真是聪明。"小男孩夸道。

"是啊,"这个妈妈懂得真不少,"它比狗还要聪明,能帮助人们做很多事,比如驮运东西、陪人们打猎、在马戏团表演,甚至

还能帮人看孩子、看门呢。大象喜欢群居。它们生活在一起,会在一定范围内活动,有一定的路线,不乱跑。它们活动的时候,雌象做首领,为了保护幼象,会排成长队,让成年雄象走在前面带队,小象走在中间,成年母象走在后面。要是一头大象病了,大家会一起来照顾它的。它们很团结,一向尊老爱幼。"

"大象真是我们的好朋友。"小男孩说。

"没错。"妈妈说,"大象的怀孕期非常长,象妈妈要一年半到两年才能生下小象。小象一生下来,就有1米高,100千克重。象妈妈大约要隔五六年才生育一次。它们的寿命可达60岁,有的能活到100岁呢。"

团团认真地听着他们的对话,尤其是听到他们夸自己时,它心里别提有多高兴了。

团团一到家,就把刚才的事告诉了妈妈。

象妈妈听了也乐得合不拢嘴。它一边笑,一边说:"他们还忘记介绍我们最特别的地方了。"

"什么地方?妈妈。"团团伸出长鼻子问妈妈。

"就是这个。"妈妈用自己的长鼻子勾住团团的长鼻子说,"我们的长鼻子是别的动物没有的。它除了呼吸,还有很多用途呢。柔韧而肌肉发达的长鼻子,缠卷的功能很强,是我们自卫的武器和吸水、取食的工具,就像人类的胳膊和手一样。没有它,我们就无法吃到香蕉、树叶这些食物;没有它,我们喝水、吸水冲澡都不行。这几天,我还用长鼻子帮人们运送木头呢。"

听了妈妈的介绍,团团更兴奋了。"我们大象的本领就是了不起。下一次,我要表演更精彩的节目。"团团甩着长鼻子说。

知识链接

大象是世界上最大的陆栖哺乳动物。它有蚊虫叮咬不动的厚厚皮层,有防御敌人的坚硬象牙。大象是群居性动物,由雌象当首领,负责指挥象群,成年雄象当护卫。

植物的"自卫"本领

鸟国奇遇记

陈龙银

一、初到鸟国

甲壳虫豆儿甲因为和鸟儿们消灭害虫有功,受到鸟国国王的邀请,来到鸟国。鸟儿们还治好了他的伤,他现在能自由地飞行了。豆儿甲高兴地唱起歌:

蓝天摇着云宝宝,

太阳公公眯眯笑,

大自然多么美好!

我们快乐——

我们是无忧无虑的小鸟,

自由飞翔在大自然的怀抱……

鸟国国王还特地送给他一本书和一张通行证。

豆儿甲翻开书,书是绿色的,有许许多多美丽的图画。上面这样写着:"我们鸟国差不多有9′000个种族。我们是人类的好朋友。我们鸟国有世界上最好的舞蹈家和歌唱家,还有世界上优秀的捕虫能手和飞行健将……"

豆儿甲激动不已。国王兴奋地解释道:"我们鸟儿都有美丽的羽毛;我们大多数的前翅变成了翼,以利于飞行,我们没有牙,但有角质喙;我们大都还会下蛋呢。"

"你们的家族真大!"

"是啊。像猫头鹰和鸢,是猛禽;像啄木鸟和杜鹃,是会攀爬的鸟;像天鹅和鸿雁,是会游泳的鸟;还有会走的,像鸵鸟……真是举不胜举!"凤凰国王高兴地介绍着。

"你们有许多捕虫能手,为人类保护树木和庄稼;鸟粪可以作为肥料;羽毛可以制成许多东西……鸟儿们的好处太多了!"豆儿甲连声夸赞着。

"我们为人类做好事,人类也保护着我们,他们还设有'爱鸟周'活动什么的呢。"

"鸟是人类的朋友,大家都应该保护鸟。"豆儿甲说。

二、去大雁的家

第二天傍晚,红红的太阳顶在西边的山头上,豆儿甲突然看见一条黑色的长带慢慢地向他飘来,他吓了一跳,连忙躲到树梢上。一瞧,啊,原来是一群大雁飞过来啦。他们在大个儿雁队长的带领下,排着长长的"一"字形队伍,像正在操练的士兵,快速地往前飞。这些大雁都长着棕灰色的羽毛,脖颈长长的,腿短短的,样子可爱极啦。

"豆儿甲,你在干什么呢?"豆儿甲正在呆呆地看着,雁队长热情地跟他打招呼。

"你们好!我要回家去!"豆儿甲回答。

"天快黑了,你独自回家不安全。今晚去我们家,明天再回去吧。"雁队长很善良,友好地邀请豆儿甲。

豆儿甲一听,很高兴,愉快地加入了大雁们整齐的队伍中。

"你们的队伍真整齐!真漂亮呀!"豆儿甲一边"扑扑"地

飞,一边不停地赞叹着。

"这都是我们坚持不懈地进行训练的结果。"雁队长说,"我们有时飞成'一'字形,有时还能飞成'人'字形呢。"

他们一边飞,一边聊天,不知不觉就来到了小湖的上空。

"我们到家啦!"大雁们兴奋地叫起来,纷纷向湖边的芦苇飞去。

豆儿甲一看,在湖边的芦苇里,有许许多多小草窝,都是用芦苇和草做成的。原来,这些就是大雁们的家呀!

雁队长把豆儿甲请到自己的家里做客。他衔来许多树根、树茎、种子和小虫儿,他要好好地招待这位小客人。

吃过晚饭,大雁们要睡觉了。雁队长飞到四周巡查了一遍,又派四名巡逻在四面站岗放哨。

"雁队长,这是为什么呢?"豆儿甲好奇地问。

"我们每天都站岗放哨,这样才安全呀。"雁队长解释道,"如果敌人进犯,巡逻兵会立即叫醒我们,我们就会迅速撤离。"

豆儿甲就睡在雁队长家中,因为有哨兵站岗,他一点儿也不用担心。

天亮的时候,豆儿甲突然被一阵可怕的"哇哇"声惊醒了。他连忙起来,发现在不远处的一棵树上站着一只鸟,全身乌黑乌黑的,长着一张大嘴,样子很凶。

"这家伙可能是来干坏事的,"豆儿甲心想,"我得叫醒队长。"

"雁队长!雁队长!你看,那是什么呢?"豆儿甲指着树上的鸟,慌慌张张地问。

雁队长眨了眨惺忪的眼睛,看了看,不禁大笑起来,说:"啊,不用担心,那是乌鸦呀。你听过《乌鸦喝水》的故事吗?乌鸦喝不着瓶里的剩水，就衔来石子放进去，水涨高了，他就喝到水啦。你别看他样子凶狠，声音也很难听，他可聪明着呢。"

"他是狡猾的坏蛋吗？"豆儿甲问。

"不是，他是对人类有益的动物。他不但吃害虫，还吃死掉的鸟兽、烂鱼和垃圾，是鸟国有名的清洁工。"

"我以前还以为他是坏蛋呢。"豆儿甲这时才明白。

"好坏不能只看外表，也不能只听声音动不动听，应该看他是不是做好事，对人们有没有帮助。"雁队长补充说。

豆儿甲点点头。这一晚，豆儿甲过得很愉快，他不仅了解了大雁，还了解了乌鸦呢。

三、捕鱼能手

这天，豆儿甲在小湖边散着步，两只天鹅在湖边悠悠地游着。天鹅身材高大，都戴着一顶小红帽，穿着一身雪一样白的外衣，显得优雅、大方。

"美丽的天鹅，你们是来散步的吗？"豆儿甲和天鹅们打着招呼。

"不是的，我们正在找吃的。"

"你们喜欢吃什么？"

"我们吃的东西可多着呢，吃水生植物，也吃贝壳、小鱼和虾子。"

天鹅们一边说着，一边向小湖中间游去。

湖中间有一只弯弯的小船，船上坐着一位手拿竹竿的老头，船的四周站着许多穿着乌黑衣服的鸟，长相有些像乌鸦。豆儿甲觉得很有趣，就飞到了小船上。

植物的"自卫"本领

"你们是乌鸦吗？"豆儿甲问乌黑的鸟儿。

"我们不是乌鸦，乌鸦是不会捕鱼的。我们是鱼鹰，也有人叫我们鸬鹚。"一只胖胖的鱼鹰回答。

豆儿甲仔细看了看，他们都有扁扁的、长长的嘴，嘴尖还有个弯弯的钩，和乌鸦确有不同。

"你们是来游玩的吗？"豆儿甲接着问。

"不，我们是来帮渔民伯伯捕鱼的。"

说着，有几只鱼鹰跳进湖里，钻进水中，一会儿就衔出好几条小鱼。

突然，湖水"哗哗哗"地动荡起来，原来是一大群鱼游过来了！鱼鹰们立即紧张起来，瞪着眼看着。可是，他们没有立即跳下水，而是绕着鱼群转了一圈，然后悄悄地来到鱼群后面，把游在最后的鱼狠狠地啄了一口，那条受伤的鱼疼得到处乱窜，溅起无数水花。鱼群被搅乱了，鱼儿拼命地逃，湖水热闹起来，水花溅得很高。鱼鹰们乘着这当儿，一会儿就捉住了许多鱼。有一条大鱼，样子很凶，搅着湖水。一只大鱼鹰叫了一声，大家一齐冲了过去，有的啄眼，有的啄尾，有的啄身子，大鱼很快就浮出了水面。鱼鹰们把他抬上了船。拿竹竿的老人很高兴，给每只鱼鹰发了一条小鱼。鱼鹰们吃完，高兴极了。

这样精彩的场面，豆儿甲还是第一次见到。他还想多看一会儿，可是，渔民伯伯要回家了。豆儿甲只好飞往别处去。

突然，豆儿甲发现，在湖里的一根木桩上站着一只头、嘴硕大的鸟，穿着翠绿的衣服，一动不动，样子很悲伤。

"这只鸟出事了吗？"豆儿甲想着，连忙飞了过去。

"你有伤心的事吗？"豆儿甲关切地问。

"没有。"那只翠绿色的鸟瞟了一眼豆儿甲，低着头回答。

"那你站在这儿干什么？"

"捕鱼虾吃呀。"说着，他啄出一只虾，吃了。

"你总是这样捕鱼？"

"有时也飞。"

"你叫什么名字？"

"翠鸟，大家也叫我钓鱼郎。"

原来，翠鸟也会捕鱼。豆儿甲明白了。

翠鸟不爱说话，豆儿甲只好离开他，飞回小湖边。

小湖边这时已聚集了许多鸟，都在忙着捕鱼。豆儿甲从小画书上知道，这些鸟叫鸬鹚，长得和鹅非常相像。你瞧，他们不会潜水，啄鱼的时候头朝下，屁股朝着天，滑稽极了！

更有趣的是不远处的一群野鸭，他们一边捕鱼，一边唱着歌："小鸭，小鸭，驾着小船，埋头捉鱼，屁股朝天！"

这一天，豆儿甲玩得很快活，因为他看到了鸟国许多捕鱼能手。回家的路上，豆儿甲看到了一张海报："鸟国盛大时装表演，欢迎光临！时间：明天上午。"

"我应该去看看。"豆儿甲心想。

四、时装表演

今天，鸟儿们都穿上了他们最漂亮的衣服，身子涂得油光发亮，佩花戴草，披银挂金，光彩照人。豆儿甲呢，也换上了一件色彩艳丽的花衣裳，头上还插上了两根美丽的小羽毛呢。

时装表演在美妙的轻音乐声中拉开序幕。

第一个上台的就是上届冠军孔雀先生。你瞧，他那高高的个

头、红红的嘴巴、闪亮的眼睛、细细的颈项、宽宽的背，显得多么潇洒！他绕场一周后，在雷鸣般的掌声中他轻轻撑开那华丽的风衣，风衣越撑越大，只见金翠色的风衣上撒着无数片彩色的椭圆花瓣，闪闪发亮，让人眼花缭乱。这时全场沸腾了，喝彩声、掌声在森林里久久回荡。

第二个上台的是丹顶鹤小姐。她身披白色外套，伸出长长的颈项，款款而行，显得温文尔雅、秀丽端庄。

接着是黄莺小姐的表演。她显然是进行了精心打扮，不仅涂染了眉毛，而且给金黄的外衣镶上了一道宽阔的黑边。她步态轻盈，举止文雅，显得异常秀美。

接着是鹦鹉们登台表演。她们的服装五颜六色，而且款式新颖别致。她们有的着白衣，有的着黄衣，有的穿彩服……品种繁多，雅而不俗。

最后是企鹅们表演。她们个个身穿白衬衫，外披黑衣，素雅大方。有趣的是，她们走起路来昂首挺胸，摇摇摆摆，显得憨厚老实。她们那可爱的姿态逗得鸟儿们乐不可支。

豆儿甲今天可算是大饱眼福，逢人便夸："太美了！鸟国服装美极了！孔雀的花衣是世界上最美的！"

老鹰听了这话，心里很不服气，哼了一声，说："比衣服有什么好！要比飞行，我一定是第一！"

这话被大雁和云雀听见了，他们都说自己是第一。

走在一旁的天鹅听了，也不服气地说："我肯定是第一！"

那么，到底谁是第一呢？

五、谁是第一

老鹰、大雁、云雀和天鹅争个没完没了。

这时候,鹦鹉、猫头鹰、画眉、百灵鸟、燕子……也飞来了,他们也都说自己是第一。鸟儿们"叽叽喳喳"地吵闹着,谁也说服不了谁。最后,只得让豆儿甲当裁判——他们要比一比,看看到底谁是第一。

豆儿甲喊了一声:"预备!开始!"

鸟儿们起飞了,他们拼命地往高处飞。不一会儿,有些鸟就再也上不去了。老鹰、大雁、云雀仍振翅高飞,直冲云霄。可是,飞在他们上面的还有一只鸟,那就是天鹅。天鹅越飞越高,下面的鸟儿都看不见他了。

毫无疑问,天鹅拿到了第一。

天鹅骄傲地说:"你们多笨!瞧我多了不起!我能飞越世界最高峰珠穆朗玛峰,你们还敢和我比?"

听了这话,没有拿到第一的老鹰气圆了眼,伸出锐利的爪子抓过去。大家连忙把他们分开。

这时候,豆儿甲站出来说话了:"老鹰,抓天鹅就是你不对了。天鹅第一就是第一,不过,骄傲是他不对。其实,我们每一种鸟都有自己的本领:你老鹰能从天空直冲下来抓到田鼠;鹦鹉很聪明,能学人说话;猫头鹰是捕鼠能手;画眉是有名的男高音;百灵的歌无比动听;燕子能捕捉害虫,是农民伯伯的好帮手……只看哪一样是不全面的。"

听了豆儿甲的一番话,鸟儿们都低头不语,惭愧地飞走了。

六、吉祥的鸟

第二天，豆儿甲在小树林里飞。"豆儿甲，你好！来玩吧！"从头顶传来问好声。豆儿甲寻声看去，原来是喜鹊在招呼他。

"喜鹊大哥，你在干什么呀？"豆儿甲停下问。

"我在搭窝呢。你瞧，这个窝破旧不堪，我要把这些细树枝拆除掉，重建一个新巢。我们一般把窝搭在高高的树杈上，这样就不怕风吹雨打了。"喜鹊一边搭窝，一边向豆儿甲做介绍。

"难怪都说你们是勤劳又朴实的鸟。"

"作为鸟儿，不仅要勤劳，更要朴实、善良。我们虽然也爱吃植物种子，但我们更多的是啄食田野中、果树园里的害虫，有时还能捕捉害鼠。"喜鹊说得很兴奋，就停下工作，只顾说话。

豆儿甲觉得有机可乘，接着询问："可是大家为什么叫你们'喜鹊'？节日时为什么悬挂你们的像？"

喜鹊想了一会儿，为难地说："这个我也不清楚。有人说，我们的羽毛大都是黑里带绿，腹和肩处有些白，显得素雅；有人说，我们的叫声优美动听；还有人说，我们总是欢蹦乱跳，显得生机勃勃。"

喜鹊停了停，又想了想，接着说："最主要的可能是我们不干坏事，大家才愿意和我们做朋友，称赞我们，把我们叫作吉祥的鸟儿。"

"你说得太对了！"豆儿甲拍手称赞，"只有做好事，别人才会称赞的。"

他们正在说着话，忽然传来问好声："你们好！"

是谁呢？

七、了不起的鸽子

听到声音，豆儿甲和喜鹊回头看去，原来是穿着灰制服的鸽子邮递员。他给喜鹊送来一封信和两张报纸，就匆匆忙忙背着邮包飞走了。

喜鹊连忙说了声"谢谢"。

"鸽子邮递员真了不起！每天要给大家送那么多的信和报。"豆儿甲说。

"鸽子家庭中还有一只更了不起的成员呢。"喜鹊说。

于是，喜鹊讲了这样一个故事——

在多年前的一次战斗中，一支部队被敌人包围起来了，要突围难上加难，因为敌军众多。怎么把这事告诉司令部要求速派援兵呢？战士们想啊想，最后，他们想到了鸽子小亚米。他们将情报拴在小亚米的腿上，小亚米带上情报迅速飞往目的地，敌人的炮火密集，突然，一颗弹片打中了小亚米的腿，疼得小亚米差点儿晕过去。可是，他强忍着痛，扑扇翅膀，吃力地继续往前飞，终于把情报送到了司令部。司令部立即派兵打退了敌人。可是小亚米却因为伤得太重，不久就死了。知道了这一消息，大家悲痛欲绝。为了永久地纪念小亚米，大家便给他起了一个好听的名字——英雄鸽。

"鸽子真了不起！"豆儿甲听得入了迷，好半天才开口。

"可是，鸽子们是怎样认识路的呢？"豆儿甲似乎有满脑的问号。

"他们能靠太阳指路呢。"喜鹊说，"有时候乌云蔽日，他们就用地球磁场来辨别方向。这样，他们就是飞得再远，都能返回来。有一次比赛，他们被带到1 000多千米以外的地方，最后还能顺着

植物的"自卫"本领

原路飞回。"

"太了不起了!"

"还有呢,"喜鹊接着说,"鸽子们都有一双神眼,在我们鸟国的工厂里,他们是最优秀的检验员,能在许许多多产品中,迅速找出不合格的产品来。前几天,他们还得到了国王颁发的劳动奖章呢。"

豆儿甲和喜鹊聊了很长时间,才动身飞去。

八、她们也是鸟国成员吗

蓝天摇着云宝宝,

太阳公公眯眯笑,

大自然多么美好!

我们快乐——

我们是无忧无虑的小鸟,

自由地飞翔在大自然的怀抱……

鸟国"飞翔广场"上的高音喇叭里正放着《国歌》,成千上万的鸟儿拥向广场中心。她们个个身穿彩服,浓妆艳抹,打扮得光彩照人。不用说,她们都是来参加"鸟国首届选美大赛"的。播完《国歌》,鸟国国王讲话了:

"……我们鸟国差不多有9 000个种族,是个和睦的多民族大家庭。我们是人类的好朋友。我们鸟国有世界上最好的舞蹈家和歌唱家,还有世界上优秀的捕鼠、捕虫能手和空中飞行健将……"

正在这时,广场上突然走来一群有趣的小动物。大家一看,原来是小鸡、小鸭和小鹅代表队。难道他们也是鸟国成员啊?

选美大赛的主裁判老鹰先生见了,急忙过来检查身份。

"小鸡、小鸭和小鹅,你们好!今天是鸟国选美大赛,难道你们也是鸟啊?"老鹰先生客气地问。

"对呀,"一只小鸭上前说,"虽然我们的名字不叫鸟,可我们也是鸟国的成员呢,鸟儿有一对翅膀,我们也有;鸟儿全身长着羽毛,我们也是;鸟儿有喙,我们也有;鸟儿会下蛋,我们也会。选美大赛的参赛条件我们都符合了。"

"可是,你们不能跟我们一样在天空飞呀。"老鹰裁判想了想说。

"我们的翅膀退化了,确实不能自由自在地飞。"一只小鸡上前说,"其实,我们属于家禽类。我们的祖先是古代的野鸡,小鸭的祖先是古代的野鸭,小鹅的祖先是古代的雁。我们变成现在的样子,那是因为经过了人类多年的驯养。你看,野鸡、野鸭不是还可以自由自在地飞吗?"

老鹰裁判点点头,微笑着说:"欢迎你们参加比赛!"

小鸡、小鸭、小鹅排着整齐的队伍,向广场中心走去。

小鸟们见自己的家族中还有这样的成员,高兴得"叽叽喳喳"地叫起来。

九、捕鼠能手

"你听,谁在哭叫?"听到声音,豆儿甲惊慌失措。

白头翁一听,忙笑着说:"别担心,那是猫头鹰在叫呢。猫头鹰白天总是躲在窝里或是密密的树林里,晚上才出来活动。因为他的叫声听上去很可怕,所以人们总是不喜欢他;还有人说他是不吉祥的鸟。猫头鹰很伤心。"

"其实,他是你们鸟国有名的捕鼠能手,是种益鸟,对吗?"

豆儿甲说。

"是的。一只猫头鹰一年能吃好几百只老鼠,能为农民伯伯保护大约1吨粮食呢。"白头翁介绍着。

"他为什么有那么大的捕鼠本领?"

"猫头鹰的眼和瞳孔又圆又大,再黑的夜都能看清远处。他的耳孔特大,听觉异常灵敏。褐色的羽毛轻柔飘洒,飞时声音极小,别人难以听见。此外,他还有锋利的勾爪和尖锐的喙。因此,老鼠自然逃不过他的手掌心。"

"真是了不起的捕鼠大王!"

十、留鸟和候鸟

冬天来了,鸟儿们应该怎么过冬呢?豆儿甲一下子想不出好办法。于是,大家一起想主意。

过了好一会儿,豆儿甲才有了新办法:"冬天来了,我们虽然多长些羽毛能御寒,可是,树叶落了,昆虫死了,如果我们都留在这儿,就很难找到食物,说不定会饿死的。"

"是呀!是呀!"鸟儿们急得"喳喳"叫。

"我听说,我们这儿很冷的时候,南方的天气很温暖。如果我们不怕辛苦,让一部分鸟飞到南方温暖的地方越冬,第二年春天再回来,不好吗?"

"对呀!我去!我去!"鸟儿们一听,这主意好,都"叽叽喳喳"叫着要去南方。

"这样吧,"豆儿甲接着说,"根据大家的习惯和适应能力,燕子、白鹭、杜鹃……到南方去;喜鹊、麻雀……留下来,长上厚厚的羽毛,在这儿过冬。留在这儿过冬的,就叫留鸟;到南方过

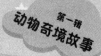

冬的,就叫候鸟。"

"好!好!谢谢豆儿甲!"鸟儿们都兴奋地叫起来。冬天来了,他们有办法了。

知识链接

鸟是恒温、卵生的脊椎动物,用肺呼吸,长有两足,几乎全身有羽毛,大多数能飞,具有坚硬的喙。最大的鸟是鸵鸟,最小的是蜂鸟。全世界现有鸟类1万多种,中国有1 300多种。

苍蝇的杂技

贺维芳

在一间干净的房子里，布老虎、绒布狗、瓷娃娃都躺在床上睡午觉。

房间的一角，光线昏暗的地方，有一只壁虎。玩具宝宝们不知道，他们之所以能安安静静地做美梦，是因为有壁虎为他们站岗放哨呢！

这时，一只苍蝇趴在玻璃窗上往里看。

"屋子里那些睡觉的家伙看起来是那么舒服，我也要进去歇歇脚。"苍蝇东瞅西瞧，终于找到了一条小缝隙，于是就使劲儿挤了进来。

一进房间，苍蝇就兴高采烈地飞来飞去，嘴里还高唱着："嗡嗡嗡，我来了……"

苍蝇的歌声把睡觉的几个玩具宝宝惊醒了。

"讨厌的苍蝇，你影响我们休息了！"玩具宝宝们恼火地对苍蝇嚷嚷起来。

"苍蝇这个家伙，坏事没少做，他的名声很坏呢！"绒布狗说着，要找苍蝇拍把苍蝇打下来。

苍蝇赶紧陪着笑脸说："你们别误会，我已经改邪归正了。"

瓷娃娃半信半疑："真的假的？你真的变好了？有什么证据？"

"我努力学会了一套杂技，平时抽空就表演给大家看，我要给大家带来快乐！"苍蝇一本正经地说。

"什么杂技？"绒布狗问。

"我会表演在天花板上散步！"苍蝇自豪地说。

布老虎不耐烦地催促苍蝇："快点表演给我们看看吧！"

苍蝇一下子飞到天花板上，倒挂着身体，稳稳地慢慢移动。

瓷娃娃惊叹："苍蝇的杂技真的很厉害呢！我们谁也做不到他这样子！"

绒布狗和布老虎对苍蝇的本领也赞叹不已。

"呵呵，你们上了苍蝇的当了！"壁虎从暗处跑出来，他紧紧贴在墙壁上，大声对玩具宝宝们说。"那不是练出来的杂技，而是苍蝇天生的特长，苍蝇的脚趾有指垫，就像吸盘一样。他的指垫上还能分泌一种黏液，他就是靠这些牢牢地粘在天花板上的！"

"你胡说……"苍蝇大喊，可是，他的话还没说完，壁虎像闪电一样扑过去，一口把他吞了下去。

"你们看，天生就能在天花板上散步的本领，我也有呢！"壁虎笑吟吟地说。

玩具宝宝们都不好意思地笑了起来。

"我们可以继续舒舒服服地睡午觉了！"瓷娃娃打了个大哈欠，大家都接着睡觉了。

房间里又安静下来了。

植物的"自卫"本领

知识链接

苍蝇有6条细长的腿，每条腿的末端都长着两个尖而硬的爪，爪的基部有一个被茸毛遮住的指垫。指垫是一个袋状结构，下面凹陷。当苍蝇停留在光滑的墙壁或天花板上时，指垫和平面之间产生了真空，就像吸盘一样，苍蝇便牢牢地吸附在平面上。这种吸附力，足以承受苍蝇本身的体重。

白头翁学本领

梁 子

很久以前，大森林里有一只小鸟，自以为很美丽，整天飞来飞去，向大家炫耀自己。

有一天，小鸟来到绿色的草地上，遇到了山羊公公。善良的山羊公公告诉他："光有美丽的外表是没有用的，应该学到了不起的本领，为别人做好事，那才是真正的美呀！"

小鸟心想："山羊公公的话很有道理。如果我学到了不起的本领，那我一定会变得更加美丽，小动物们会更加赞赏我。"

那么，什么样的本领了不起呢？小鸟在大森林上空边飞边想，飞着飞着遇上了黄莺。黄莺正在唱着动听的歌。小鸟心想："会唱歌是件了不起的事，我应该学会唱歌。"于是，他飞到黄莺面前，向黄莺请求说："黄莺姐姐，黄莺姐姐，你能教我唱歌吗？"

"当然可以。"黄莺热情地说，"不过，唱歌可不是一件简单的事，你必须坚持不懈，认真地练下去。"

小鸟点点头，跟着黄莺学唱歌。可是，才唱一会儿，他便感到口干舌燥，嗓子痛了。

"唱歌太辛苦啦，我应该学学别的本领。"小鸟想着，拍拍翅膀飞走了。

第二天，小鸟继续在大森林里飞，飞着飞着，遇到了喜鹊。喜鹊正在搭房子。小鸟心想："搭房子一定是件了不起的事，我应

该学会搭房子。"于是,他飞到喜鹊面前,向喜鹊请求说:"喜鹊哥哥,喜鹊哥哥,你能教我搭房子吗?"

喜鹊放下嘴里的羽毛,站在树枝上点点头说:"当然可以。不过,搭房子可不是件简单的事,它需要衔许许多多的树枝、枯草和羽毛,很辛苦的。"

小鸟没有说什么,开始跟着喜鹊学搭房子。可是,他只学了一上午,就觉得做这样的事太辛苦了,拍拍翅膀飞走了。

第三天,小鸟在田野里飞,遇上了正在捉害虫的燕子。小鸟心想:"捉害虫一定是件了不起的事,我应该学会捉害虫。"于是,他飞到燕子面前,向燕子请求说:"燕子妹妹,燕子妹妹,你能教我捉害虫吗?"

燕子抬头看了看,笑着说:"当然可以,消灭害虫,保护庄稼,这是一件大好事啊。不过,捉害虫可不是一件容易的事,它需要有耐心,要飞来飞去不停地找。"

小鸟没有说话,跟着燕子学捉虫。可是,他只学了一天,就觉得既辛苦,又没趣。小鸟再也不学捉害虫了。

这以后,小鸟又学了钓鱼、抓老鼠、摘果子……可他觉得做这些事都很辛苦,都只学了个开头,从来没有认真地学到底。

直到小鸟老了,头发都白了,还是什么本领都没学到。这时,他很后悔。为了教育他的子孙,他把一头白发传给了后代。从此,他的子子孙孙的头上都有一圈白毛,大家就把这种小鸟叫"白头翁"。

白头翁死后,留下了他的儿子——小白头翁。小白头翁渐渐地长大了,他记住了白头发的教训。

"我应该学会一些有用的本领。"小白头翁想,"可是,什么样的本领才有用呢?"

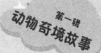

小白头翁在森林里飞，飞着飞着，遇上了正在唱歌的小黄莺。

"黄莺姐姐，你能教我唱歌吗？"小白头翁上前问道。

"当然可以。不过，唱歌可不能三心二意，更不能怕苦怕累。"小黄莺说道。

小白头翁点点头，跟着小黄莺一句一句地唱着歌。可是唱了一会儿，他便感到口干舌燥。小白头翁刚想离开，突然想起爸爸的话来。他喝了一口水，又继续练了起来。就这样，不知过了多少天，小白头翁终于学会了唱歌，而且歌声无比洪亮、动听。

小白头翁虽然学会了唱歌，可他还想学到更多的本领呢。

这一天，他遇上了正在搭房子的小喜鹊，他又跟着小喜鹊学搭房子。小喜鹊耐心地教，小白头翁认真地学，不久，一座漂亮的新房子就搭成了。为了把房子建得更漂亮、更稳固，他还学会了在矮树上或藤蔓中间搭房子，用草、叶做材料，把房子盖成杯子一样的形状，美极啦！

后来，小白头翁又跟着小燕子学习了很长时间，终于学会了捉害虫。现在，他已经是大森林里有名的"卫士"了，每年都要捕食许多害虫——毛虫、蚜虫、金龟子……

白头翁终于成了既美丽又有本领的小鸟啦。

知识链接

白头翁是我国长江以南广大地区中常见的一种小型鸟类，从额部到头顶是黑色，两眼上方到后枕部分是白色。白头翁最喜欢把窝搭在丘陵或平原的矮松树和较矮的灌木丛中，喜欢结群在树上活动，既吃动物性食物，也吃植物性食物。

植物的"自卫"本领

它们怎样过冬

姚敏淑

这一天,小猪从大森林往家走,碰见了蟾蜍和小青蛙,他们正用心地刨土打洞。小猪上前好奇地问:"青蛙弟弟、蟾蜍大哥,你们这是干什么呢?"

见是小猪,蟾蜍和小青蛙都停了下来,说:"冬天来了,我们在准备过冬呀。"

"你们是怎么过冬的呢?"小猪不解地问。

"天气一冷,我们就躲到洞里睡大觉,不吃不喝过一冬,等第二年春暖花开时才出来。你知道吗?这就叫'冬眠'。"小青蛙耐心地解释。

"蝙蝠、蚯蚓,还有蛇,他们也冬眠呢。"蟾蜍补充说。

小猪听着,觉得太有意思了——原来他们都会冬眠。

小猪又朝宁静的水塘看了看,小鱼不见了,就奇怪地问:"小鱼她们也去洞里睡觉了吗?"

"天气一冷,她们就潜入水的深处,不吃食物,也不大活动。"蟾蜍告诉他。

小猪又往前走,正好遇上了小熊。

"小熊,冬天来了,你准备怎么过冬呀?"小猪上前问。

"我嘛,"小熊笑呵呵地回答,"天气冷了,我就睡大觉,不吃不喝;天气一暖和,就起来找吃的。"

小猪知道，他这叫"半冬眠"。

小猪继续往前走，又碰上了小松鼠。小松鼠正忙着往洞里搬东西。

"小松鼠，冬天来了，你也冬眠吗？"小猪过去问。

"冬眠？什么冬眠呢？"小松鼠很奇怪。

"就是像小青蛙一样，一个冬天不吃不喝睡大觉呀。"

小松鼠"嘻嘻"笑，说："不，不，那么长时间会饿死我的。我不冬眠。我储存了食物，冬天一来，不用出门，就有吃的了。你不看我正忙着吗？你再瞧瞧，小田鼠和小蚂蚁也在忙着储存食物呢。"

小猪知道了，小松鼠和小田鼠，还有小蚂蚁是不冬眠的，他们靠储存的粮食过冬。

小猪继续往前走，正好碰上了小狗和梅花鹿，小猪过去问："狗弟弟，鹿姐姐，冬天来啦，你们怎么过冬呢？你们也冬眠吗？"

"不，我们不冬眠。"小狗回答，"我和小猫、老牛、小鸡、小鸭住在农民伯伯家，有吃有喝的呢。"

梅花鹿说："看，冬天来了，我们就换上又长又厚的毛，狂风暴雪都不怕。猴、狼、老虎也是这样的。"

小猪回到家，去问邻居小羊："冬天来了，我们怎么过冬呢？"

小羊笑着说："你摸摸我的身体。"

小猪一摸，呀，小羊的毛又长又厚，像是穿上了皮袄。小猪明白了，小羊和小鹿一样，毛长得厚厚的，再冷也不怕。

"那我怎么办呢？"小猪着急地问。

"你还怕吗？看看你胖乎乎的身体！"小羊拍着小猪说。

小猪看看自己的大肚子，不禁乐呵呵地笑起来。

植物的"自卫"本领

知识链接

冬眠是指有些动物在冬季时生命活动处于极度降低的状态。冬季天气寒冷,食物不充足,动物为了适应冬季的环境条件,才会冬眠。

老鼠遇见袋鼠

陈兴才

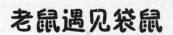

一只躲在地洞里的老鼠看到了有趣的一幕：一只前腿短、后腿长的动物在仔仔细细地掏着胸前口袋里的杂物，这个口袋可不是衣服口袋，而是长在她身体上的口袋。她清理完自己的袋子后，竟产下一只特别小的小家伙。这只还睁不开眼的小家伙从他妈妈的尾巴上向袋里一步步吃力地蠕动，费了很大的力气，花了好长时间，终于爬了进去。站在一边的其他动物叫了起来："啊，小袋鼠爬进育儿袋了！太棒了！"

从洞中探出头的老鼠听到这话，钻了出来，然后走了过去。他抬起头问："你们也是鼠？和我们是一家子的吗？"

袋鼠妈妈找了好一会儿，才发现是一只小老鼠。她没好气地说："我和你可不是一家子的，连亲戚也算不上。我们是有袋类哺乳动物，而你们是啮齿类的。"

"你们叫袋鼠，我们叫老鼠。我看差不多呀。"老鼠在套近乎。

"那可不一样！"袋鼠妈妈可不这么看，"你们到处偷东西，可别坏了我们的名声。你跑过来，不是来偷什么东西的吧？"

"别说得这么难听嘛。我现在很少偷东西了，只是啃啃草根。我是来向你道喜的，恭喜你生下这么可爱的小家伙。"老鼠很聪明，尽说好听的话。

听了老鼠这番话，袋鼠妈妈也不好再说什么了。

老鼠见袋鼠妈妈不太反感自己，又问起来："你们怎么都有这个口袋？还真管用啊。"

"这叫育儿袋，只有我们雌性的才有。它里面有4个乳头。小家伙出生后会自己爬进来，在袋中生活9个月才会跳出去。但这之后他感到害怕时还会钻进袋里。他们要3年左右才能成年。"袋鼠妈妈说着向前跳了一下。

这一跳可把老鼠吓坏了，他跑了好一会儿才赶上。他气喘吁吁地说："你们的跳跃能力真强啊！"

"那当然。"袋鼠妈妈得意地说，"我们全速跳跃时，前腿蜷缩，尾巴向上翘，后腿像弹簧一样能让整个身体猛地向前冲，有时时速能达到60千米呢！你看，我们的后腿强健有力，所以我们不会行走，总是以跳代跑，最高能跳到4米，最远能跳到十几米，毫不吹嘘，我们是跳得最高、最远的哺乳动物。在跳跃过程中，我们的尾巴能起到平衡作用。"

袋鼠妈妈说的这些本领，让老鼠羡慕极了。他惊讶地问："你们吃什么好东西了，会有这么高超的本领？"

袋鼠妈妈"呵呵"一笑，说："我们只生活在澳大利亚，那里有很多植物，我们一般吃各种植物，偶尔还吃些真菌类。我们是食草动物。"

他们正在说着话，突然看到两只袋鼠打了起来。只见他俩怒目相向，颈毛竖起，口中发出响声，像个拳击手，快速地挥拳，还不时地用尾巴横扫对方。老鼠吓得大叫："你快去将他们拉开吧。"

袋鼠妈妈用自己的长尾巴当凳子，不紧不慢地坐了下来，说："别担心，这是常有的事。如果一方被打倒在地，就不再打了，败下来的最多只会受点伤，不会被打死的。"让老鼠奇怪的是，不但

植物的"自卫"本领

袋鼠妈妈不去劝架,路过的袋鼠都是来看热闹当"观众"的,没谁管他们。

不知不觉,他们来到了草原上的公路边。就在这时,一辆汽车开了过来,袋鼠妈妈不但不躲避,反而迎着汽车冲过去;更危险的是,附近的几只袋鼠都从草丛中一拥而上。吓得老鼠大叫:"危险!"幸好汽车避让了一下,否则真不知道要出什么事呢。

"你们这是干什么呀!太危险了!"老鼠吓得说话都在哆嗦。

"哎呀!我们的视力很差,加上对灯光好奇,有时还以为是什么坏东西来袭击呢。所以,我们有不少同伴都是被车撞死的。哎,下次真的要注意了。"袋鼠妈妈也吓得不轻。

"我看,你们以后还是白天出来活动吧。"老鼠建议。

"那可不行,我们属夜间生活的动物,喜欢白天休息,黄昏出来活动。习惯改不了啊。"袋鼠妈妈无奈地说。

知识链接

袋鼠是澳洲的象征物,出现在澳洲国徽中,以及一些澳洲货币图案上。许多澳洲的组织团体,如澳洲航空,也将袋鼠作为其标志。澳大利亚军队的车辆、舰船在海外执行任务时,经常都会涂上袋鼠标志。

马和河马比本领

张晓红

马到河边喝水,正好碰见了在河边吃草的河马。

马走上前说:"老兄你也真是的,为什么起个和我们差不多的名字,有的人还真的以为你是我们马的兄弟,其实你我连亲戚都攀不上呢,你跟牛倒还算得上是异族兄弟。"

一听这话,河马不高兴了。他粗声粗气地说:"这是人们叫出来的,我有什么办法。你别太神气,我们河马可不比你们马差。"

"是吗?"马不以为然地说,"就拿长相看,你瞧我们马,头面平直而偏长,耳朵短,四肢长,毛色多种多样,春、秋季还能各换一次毛。你们河马呢,身体让厚厚的蓝黑色皮包着,再加上砖红色的斑纹,除尾巴上有一些短毛外,身体上几乎没有毛。尾巴也是短得几乎看不见。你们还被称为世界上嘴巴最大的陆地哺乳动物。这多难看!"

河马不服气地说:"我们很多时候都是待在水里,长那么多毛干啥?我们的皮很厚,皮的里面是一层脂肪,这能让我们毫不费力地浮在水中。"

马听了河马的话,更得意了,说:"我们没必要待在水里。我们汗腺发达,调节体温的能力很强,也不怕严寒酷暑,什么样的环境都容易适应。我们心肺很发达,奔跑或者干重活都没问题。而且骨骼坚硬,肌腱和韧带都结实,蹄子更是无比坚硬,再坚硬

的地面我们都能快速奔驰。你们在地上有这本领吗？"

"你别得意了。"河马没好气地说，"我们的鼻孔长在吻端上面，跟眼睛和耳朵在一条直线上。这样我们可将身体全部潜于水中，只要将头顶露出水面就行了。我们虽然不是游泳健将，但我们是潜水高手。我们每天大部分时间待在水中，有时可潜伏半小时不出来换气。而你们呢，游泳不是高手，潜水更不行。"

"再说了，"河马接着说，"我们看起来高大笨重，但短跑能力不比你们马差多少，最快时每小时能跑40千米。只是耐力不好罢了。要是比力气，你们更不如我们了，连鳄鱼、狮子都怕我们，更别说其他动物了。"

"但我们马比你们河马聪明。我们能帮农民和牧民干很多活，古人打仗也常常依靠我们。现在，我们还经常参加马戏表演、赛马活动什么的。"马有些着急了，"还有呢，人们常说'老马识途'，就是夸我们认路本领大，聪明！"

"这算什么！"河马可不服输，"我们小时候出远门玩，就会把大便拉到地下做记号，以便找到回家的路。为了防止蚊虫叮咬，我们会洗泥澡，用泥涂满身体。有时还会让各种食虫鸟过来，与他们保持着友好的关系，让他们替我们捉虫子。这都说明我们同样聪明。"

他们争来争去，谁也说服不了谁，最后只得请大象来评理。

大象和蔼地说："你们各有各的长处，谁也不能说自己就比别人聪明。更重要的是，我们不要骄傲，只看到别人的短处，而看不到自己的短处。比如，你们都有发脾气的时候。这种性格就不好了。"

听了大象的话，他俩点点头，不再说什么了。

知识链接

在陆地动物中河马的体型仅次于大象、犀牛。它们主要生活在非洲热带水草较多的地区。体长达3.3米,肩高1.5米,平均体重约1.35吨。四肢短,头、嘴大,眼、耳、尾小,皮厚而且裸露。白天几乎都泡在水里,杂食性,主要吃水草。

萤火虫的新发现

薄其红

夏日的夜晚，山谷里静悄悄的，空气中流淌着淡淡的花香，可是，月亮婆婆今晚没有出现，伸手不见五指，好黑啊。

一只萤火虫从家里溜了出来，她很兴奋，"啪"的一声打亮身上的绿灯笼，一边哼着歌，一边欣赏着自己身上的灯笼，快活地飞来飞去。

"怎么都睡觉了呢？"萤火虫失望地说，"连个说话的人都没有！"

突然，一个黑影从她身边一闪而过。

萤火虫瞪大眼睛仔细一看，原来是只猫头鹰，忙飞过去搭话。

"猫头鹰大叔，你和我一样是跑出来玩的吗？"

猫头鹰一愣，说："我哪里是在玩，我在捉田鼠！"

萤火虫很纳闷，问："天这么黑，你又没带灯，怎么看得见呢？"

猫头鹰见萤火虫一脸的疑惑，解释说："我们猫头鹰有先天的优势：我的左右耳朵是不对称的，身上大约有9万个听觉神经细胞，因此根据声音传到左右耳产生的时间差，即可准确判断出声源的位置。另外，我的羽毛十分柔软，飞行时产生的声音非常非常小，一般的哺乳动物根本听不到。这样，我就可以闪电般地飞过去，抓住猎物！"

萤火虫越听越神奇，瞪大了眼睛，嘴巴张得好大。

话音刚落，猫头鹰"嗖"的一声飞出去，将一只小老鼠捉到口里。

萤火虫万分佩服，说道："太厉害了！"

萤火虫告别了猫头鹰大叔，继续往前飞。突然感觉地上有东西在动，低头往地上一照，发现了一群蚂蚁正推着一只蚂蚱的腿往前艰难地迈着步子。

"小蚂蚁，天这么黑，你们在干什么呀？"

蚂蚁们放下蚂蚱腿，"呼呼"地喘了几口气，说："我们在运粮食，正往家赶呢！"

"天这么黑，让我用我的绿灯笼为你们照路吧！"

蚂蚁听完，笑呵呵地说："热心的小萤火虫，谢谢啦！我们可以用鼻子认路，你不用担心。"

"难道你的鼻子也能发出声音吗？"

"不是的！我们身上有一种特殊的气味，走到哪，气味就传到哪。因此，无论我们走多远，只要用鼻子闻自己的气味，就能回家。"

萤火虫无比感慨地说："啊，你们的鼻子真神奇！"

萤火虫继续往前飞。在一条小道上，它看见了狗老弟。

"狗老弟，这么晚了，天又这么黑，你也不带个灯，跑出来干吗呀？"

狗老弟微微一笑，说："我就要晚上出来找食物，越黑越安全啊！"

"难道你也用鼻子辨认方向吗？"萤火虫问。

"不是的。我们狗的眼睛可神奇啦！白天，我们可以把眼睛半睁着，晚上，我们把眼睛睁得圆圆的，能看清周围的所有东西。"

"哇，真没想到你还有这特异功能啊！"萤火虫忍不住地赞叹。

萤火虫决定，立即回家，她要第一时间告诉妹妹自己今晚的新发现。

知识链接

萤火虫，昆虫纲，鞘翅目，萤科。已知约2000种，分布于热带、亚热带和温带地区。其体型小至中型，一般细长而扁平，雌雄均有鞘翅，或仅雄的有鞘翅；鞘翅较软。腹部末端下方有发光器。发光的机理是由呼吸时使称为"荧光素"的发光物质氧化所致。夜间活动。

吼猴叫板

张鹤鸣

拉丁美洲丛林里生活着一种有趣的猿猴，名叫"吼猴"。近一米高的个子，有一根一米多长的尾巴。更奇特的是他的叫声，几千米外都能听得清清楚楚。吼猴的喉骨结构特殊，大嗓门很有优势，一有风吹草动，便大吼大叫，他因此而位列世界十大最吵闹动物的榜首。

有一天，森林里大雾弥漫。一群红吼猴似乎听到了动静，猴群的首领立即吼叫起来："滚开！等到大雾散了，如果你们还没有滚开，我就把你们的皮扒下来做大鼓敲！"

不料森林的那一头还真有一群熊吼猴躲在其中，熊吼猴的首领也不甘示弱，立即吼叫起来："不想死的，给我滚远点！等到大雾散开了，如果哪个不怕死的还没滚远，我就把他的脑袋拧下来当足球踢！"

"呜啊吼——呜啊吼——"森林两头的吼猴们一齐呐喊，吼声惊天动地，令人毛骨悚然。谁都感觉得到，这是实力非常强大的两大吼猴群。

风神远远就听到了吼声，他想："吼猴皮扒下来做鼓，敲起来肯定地动山摇；吼猴脑袋拧下来当足球，踢起来一定很恐怖……"

风神想看个究竟，轻轻吹一口气，把大雾驱散了。

霎时间，两群吼猴都惊呆了，对视片刻后，两位首领同时下令："撤！"两群吼猴同时逃走了。

风神拦住红吼猴问道："你们干吗要逃走啊？"

"难道等他们来拧脑袋吗？"

"那你们干吗吼得那么响亮呢？"

"因为心里空虚啊！"

风神又追上去问熊吼猴："你们干吗也要逃跑啊？"

"难道等他们来扒皮吗？"

"那你们干吗吼得那么响亮，难道也是虚张声势吗？"

"对，心里越害怕，吼声就越响亮！"

"哦，有时候嗓门越大，不是说明他越强大，恰恰相反，正是说明他心里越空虚越害怕！"风神悟出了其中的奥妙。

知识链接

吼猴是拉丁美洲丛林中最有趣的一种猿猴。像狗那么大，引人注目的是吼猴的巨大吼声。每当它们需要发出各种不同性质的传呼信号时，它们就以异常巨大的吼声，不停息地响彻于森林树冠之上，有时十几只在一起，用它们特有的"大嗓门"，发出巨声，咆哮呼号，震撼四野。"吼猴"的名称也是由此而来。

第二辑
植物王国趣事

在我们的星球上,植物无处不在。你看,池塘、河流、湖泊、海洋中都有它们的身影。

正是有了绿色植物,人和动物才得以生存和发展。

在这个梦幻般的童话王国里,发生的故事同样迷人,同样美妙。

你看,叶和根正在比谁的本领大呢;植物受到伤害时,也要展示它们的"自卫"本领,它们还会智斗昆虫呢。你见过"炮弹树""电树""会哀鸣的树""会笑的树""会发光的树"吗?植物真能捕虫吗?……

翻开下面的书页,让我们一起走进神奇的绿色王国吧!

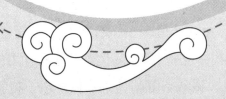

植物的"自卫"本领

不幸的大森林

易乃娣

很久以前,有一片大森林,里面有许多树,其中树爷爷年纪最大。可是,他究竟有多老,谁也不知道。据说,他比这儿的城市的年纪还要大。

树爷爷有许多孩子,多得数不胜数,一望无际。

大森林像个大家庭,家中每个成员既勤劳又善良。秋天,他们把叶子落下,变成肥料,养活自己。风沙进攻城市和草原时,他们毫不犹豫地挺身而出,进行抵抗。干旱时,他们会蒸发水汽,成云降雨,给小草和动物送去雨水。水涝时,他们就拼命吸收地下水分,把水分送上天空,运到别处。他们还是勤劳的清洁工——吸掉空气中的灰尘,吐出新鲜空气。他们让小动物们住下,小动物们在他们家可以随便玩,随便吃。

大森林的一家过得很幸福。

可是,有一天,大森林里来了一把斧头。斧头装出一副可怜的模样,请求说:"给我一支柄吧,不然我是没有用的。"善良的树爷爷答应了;不过,树爷爷嘱咐他别做坏事。斧头点点头。

没过几天,大森林里来了一杆枪管。枪管愁眉苦脸地向树爷爷请求说:"给我一支枪杆吧,不然我是没有用的。"好心的树爷爷答应了;不过,树爷爷嘱咐他别去做坏事。枪管点点头。

没过几天,大森林里来了一支箭。箭点头哈腰地向树爷爷请求道:"给我一把弓吧,不然我是没有用的。"热情的树爷爷答应了;不过,树爷爷嘱咐他别干坏事。箭点点头。

又过了几天,城市的主人面露痛苦的表情来找树爷爷:"我的人民没处居住,给我木材吧,我们需要盖房子。"善良的树爷爷没有拒绝;不过告诉他,别用得太多。城市的主人点点头。

没几天,房屋的主人可怜兮兮地来找树爷爷:"我家没烧的,也没有用的东西。给我木材做饭,打些家具吧。"善良的树爷爷又答应了;不过告诉他,别用得太多。房屋的主人点点头。

可是,斧头、猎枪、弓箭,以及城市的主人和房屋的主人,都没有听树爷爷的话。不久,大森林里不安宁起来,小动物们和树爷爷的孩子们纷纷向树爷爷告状。

动物们说:"枪管有了杆子,就成了猎枪,他每天都在追杀我们。"

小鸟们说:"箭有了弓,就能射出去,他每天都在射击我们。"

草原说:"房屋主人有了木头烧,把大量的烟尘排进空气,我们变得越来越脏了。"

让树爷爷更加吃惊和伤心的是,他的孩子们也来告状:"斧头自从有了柄,就拼命地砍伐我们,城市的主人和房屋的主人也疯狂地开采我们。我们大森林很快就要被毁灭了!"

于是,树爷爷把猎枪、斧头、弓箭以及城市的主人和房屋的主人叫到跟前,劝他们说:"你们千万别再追杀鸟兽,别再砍杀我的孩子们了。如果这样下去,鸟兽和树木都会被你们消灭光的,到时候,大自然会来报复的!"

他们谁也没有听树爷爷的忠告,继续追杀鸟兽,继续砍伐树木。鸟兽被追杀殆尽,树木被砍光。树爷爷悔恨交加,不久也死去了。

植物的"自卫"本领

果然，没过多久，可怕的事情发生了，一场风沙卷了过来，卷走了许多房屋，也卷走了猎枪、弓箭和斧头。接着，一场大洪水冲了过来，整个城市被淹没了。

这时候，他们才想起树爷爷的话，才想到大森林；可是，已经迟了。

知识链接

森林的作用可多了，比如：森林可以维护生态平衡，净化空气，调节气候，净化水质，涵养水源，保持水土，保护农田，降低噪声，促使人体健康，美化环境等。

种子的传播

昭 华

一天,一棵大树对他周围的植物们说:"在自然界严酷的优胜劣汰的生存规律下,我们植物要想方设法使自己获得更好的生存环境。我们不能只待在一处,我们应该把自己的种子传播得更远,以争取到更多的阳光和水分。"

"大树爷爷,您说得对!"蒲公英妈妈首先开口,"我已经做好了准备。我们想利用风来传播种子。风一吹,我们蒲公英的种子就能像降落伞一样,飘落到各个地方。"

苍耳接着说:"我已经试过了,动物能传播种子。我们有的苍耳就是挂在动物身上被带到别处去的。"

樱桃说:"我也有办法了——小鸟能把樱桃子吃进肚里,飞着带到别处,随着鸟粪的排出,我们樱桃子也跟着出来,在新的地方生长了。"

荷花说:"水流动也能帮着传播种子。我们荷花的种子——莲子,可以顺水漂流到别处去的。"

豆妈妈高兴地说:"我们豆荚在太阳暴晒下就会炸开,种子能一下子蹦落一地。"

凤仙花说:"我们的种子成熟了,果壳能裂开,就可以蹦到别处去发芽了。"

树爷爷高兴地说:"算我多操心了,没想到你们早有准备了啊!"

知识链接

　　种子的传播方式很多：利用风来传播的，如柳树；利用水来传播的，如椰子、睡莲；利用小鸟或其他动物来传播的，如野葡萄、樱桃、野山参、松树；豆类植物会利用日晒弹出种子。小朋友，你还能举出更多的例子吗？

叶和根比本领

梁 子

树叶一向瞧不起树根,因为她觉得一棵树上最了不起的应该是树叶,树根算得了什么!树叶见树根竟然把头伸出了地面,便生气地说:"哼,树根,你还有脸把头伸出地面吗?好好瞧瞧你丑陋的样子吧!你只能和肮脏的泥土做伴,永远待在下面。只有我们叶儿才应该长在最引人注目的地方。"

树叶停了一下,然后高高地昂着头,傲慢地说:"我们有多么美丽!太阳为我们照耀,小鸟为我们歌唱,风儿为我们吹拂,我们多么自在!"

"你别臭美了!"听了叶儿的话,树根没好气地说,"我们躺在土壤妈妈的怀抱里,蚯蚓给我们开路,蚂蚁和我们玩游戏。我们才是幸福的呢!"

树叶听了这话,可不服气了,说:"你知道吗?人们赞美的总是我们叶儿,而不是你们根呀。我们能给人们送去新鲜的空气,能给动物送去鲜嫩的食品。大家还给我们起了很好听的名字——绿色工厂,而你们呢?"

树根冷冷一笑,说:"可是,你们别忘了,是我们树根从土壤妈妈那儿吸取养料,送给你们叶儿的。"

"难道我们是白吃吗?"树叶气愤地说,"我们也能用阳光和空气制成养料;我们还能像吸尘器一样,吸掉空气里的灰尘呢。

你们有这样的本领吗？"

"我们虽然不能吸取灰尘，但是我们能吸收水分。你们叶儿需要的水分不正是我们输送的吗？"树根愤愤不平地说。

"天热的时候，是我们叶儿把水变成水蒸气蒸发出去，树才不会热死的；干旱时，我们就落到地面，减少水分蒸发……这些难道不是我们的功劳？"树叶气愤地争辩。

他们争个没完没了。最后，他们只好让土壤妈妈评理。

"你们都不要只夸自己。"土壤妈妈和蔼地说，"其实，你们都很了不起。如果没有树叶或是没有树根，树都活不了。你们呀，都在互相帮着忙呢，谁也离不开谁。"

听了土壤妈妈的话，树叶和树根都不作声了。

知识链接

叶的作用很多，比如：它有呼吸作用和蒸腾作用；能进行光合作用，将二氧化碳和水转化为有机物，并释放出氧气；腐叶还能变为植物的肥料。

根的作用也很多，比如：它能吸收土壤里面的水分及溶解其中的无机盐，并且支持、繁殖、贮存合成有机物质。

植物的"自卫"本领

陈龙银

人有自卫的本领，动物也有自卫的本领。比如蜜蜂在受到威胁时便会蜇人，狐狸会排放臭气来阻挠敌人……几乎每种动物都有自己的防卫方法。

那么植物也有自卫的本领吗？有的。

一头食草动物来到一片野草地，这里生长着许多蝎子草。它一边走，一边吃着草，不知不觉接近了一株蝎子草。它并不想去吃蝎子草，可一不小心碰了上去。它顿时感到大腿处奇痒无比。它难受极了，连忙跑到一棵小树边去摩擦，一擦更难受了，又痒又痛。它扭动着身体向别处去了。蝎子草就这样吓走了小动物。

这便是蝎子草的自卫本领。它的身上长着许多刺毛，它们是由表皮细胞特化而成的一种腺毛。腺毛细长，尖如针刺，上面易断，下部坚硬。动物一旦碰上，它的上面就会折断，扎进动物体中，并分泌出一种毒液，使动物痛痒难忍，不敢接近它。

像这种会蜇人和动物的植物在自然界中还有许多，如我国北方的宽叶荨麻和狭叶荨麻、台湾地区的咬人树，等等。此外，像玫瑰、月季、蔷薇等。它们的身上也有尖刺，人和动物不小心被刺，也会十分难受。

与会蜇人的植物不同，夹竹桃则有独特的自卫办法。

一只小白兔吃完草后莫名其妙地死掉了，人们感到十分奇怪，难道是谁有意在草地上投了毒？动物学家决定对小白兔进行解剖，找出其中的原因。在对小白兔所食植物进行鉴别和化验后，动物学家终于得出结论：小白兔是误食了夹竹桃而中毒死亡的。原来夹竹桃的叶肉含有一种有毒的化学物质，动物吞食过多，会致命的。这就是夹竹桃的自卫方式。

体内含有毒性物质的植物在自然界中还有许多，如毒箭树、毒芹、毛茛、泽漆，等等。

有的植物叶子有防卫作用，有的植物的花和果实有防卫本领。

在自然界中，有些植物的花会散发出一种特殊的气味，这就使得人不愿去采摘，动物不愿去吞食。

在非洲沙漠中就发生过南瓜"自卫"的事。这种南瓜长得与众不同，它的体形虽然是圆的，但上面布满了毛刺。一头贪嘴的野兽张嘴想吃掉它，一下子被刺中了嘴，痛得它在沙漠中狂奔了好一会儿，几天不能进食。

植物的"自卫"本领还真不小，它们的"自卫"方式也各有千秋。如果我们留心去观察，一定能发现不少新奇的事。

知识链接

蝎子草是一种多年生草本花卉，喜强光、通风和干燥的环境，耐寒，耐贫瘠，是园林中布置花坛的好材料。

夹竹桃是一种常绿灌木或小乔木，可做中草药。因为茎部像竹，花朵像桃，因而得名。

植物的"自卫"本领

有趣的"炮弹树"与"电树"

亚 杰

世界上的事物真是千奇百怪,树竟也会发电、发射"炮弹"!这事发生在南美洲的热带林区。

一天,几只大鸟飞到了一棵大树上。这棵树长得高大,结的果实也不小。果实的样子很特别,同战场上发射的炮弹形状非常相似。

它的味道可能也不错吧。小鸟们看见了,"叽叽喳喳"地大叫着,像在相互打着招呼,庆祝它们终于找到了这么大的果子,可以饱食一顿了。

小鸟们一边叫着,一边开始啄起果子,啄得果子"咚咚响"。看来果实的外壳非常坚硬,鸟儿们啄了好一会儿,还是没有啄出洞儿来。但它们毫不气馁,因为快到嘴的美味放弃了多可惜。它们拼命地啄着,"咚咚"声传出好远。

突然,怪事发生了。只听得"啪"的一声响,果子爆炸了,籽粒、果肉、果浆四溅,打得树叶纷纷落下。声音大极了,犹如鞭炮的爆炸声。那几只鸟儿可惨了,一只被炸死,几只受了伤。它们怎么也没想到,吃果子会遇上"炮弹"。

由于这种树的果实会爆炸,所以当地人便将它取名为"炮弹树"。

下面这件事发生在印度。

一天中午,阳光炙烤着大地。鸟儿们受不了强烈光线的照射,纷纷寻找树林休息。

几只鸟儿飞到了一排树上,准备停下休息。就在它们的脚一触树枝的当儿,不知怎的,它们像被什么击中了一样,一下子都跌落到地上。不知情的人也许以为小鸟遇到了妖魔,或者以为是谁用弹弓将小鸟击落。其实这是树自己干的。这种树具有蓄电、发电的本领,那些可怜的鸟儿正是触电而落地的。

当地的人们还发现,这种树的电流大小与光线有关,中午往往是一天中电流量最大的时候。正是因为它有这种本领,所以小动物们都不敢轻易地接触它。

这种树,被当地人称之为"电树"。

大自然是多么神奇啊!

知识链接

印度,南亚国家。东北部同中国、尼泊尔、不丹接壤,东部与孟加拉、缅甸为邻,东南部与斯里兰卡隔海相望,西北部与巴基斯坦交界。东临孟加拉湾,西濒阿拉伯海。面积298万平方千米。人口居世界第二位。

植物的"自卫"本领

会哀鸣的树与会笑的树

朱松亭

植物没有嘴巴,也能发出声音吗?能。不过它本身不会发声。它是在外力的作用下发出声音的。

纽约长岛的公园里,一个小男孩和一群小伙伴在公园中的树林里玩,不知不觉,天色已晚。小伙伴们陆续回家了,只剩下小男孩一个人在树林中穿行。

突然,他听到不远处传来一阵阵"呜呜"的哀鸣声。声音随风时断时续,时高时低。小男孩听了,不禁毛骨悚然。

他定了定神,心想:在这公园里会是谁呢?他侧耳细听了一会儿,便壮着胆子向那发声的地方走去。他一步步地走近,那声音越来越清晰了。他仔细地寻找着,但除了树,什么也没有。

小男孩奇怪极了,心想:是什么在"呜呜"哀鸣呢?他顺着声音传来的方向找,终于发现了秘密。原来这声音是从一个大树洞里传出来的。

这是一棵高大而粗壮的树。树干很粗,需要几个人手拉手才能合抱过来。树叶浓密,遮天蔽日。树根处有个大洞,不知道是什么时候形成的。由于风的吹拂,树洞中便发出了声音。那声音时长时短,宛如有人在悲伤地哭泣。

除了会哀鸣的树外,还有会笑的树呢。

这是发生在卢旺达一座村庄里的事。

这里的农民在田野边种了许多树。这些树差不多有七八米高。看不出它们有什么特别之处，只是树上挂着许多小球一样的果子。

人们为什么要将这种树种在田边呢？它们难道有什么特殊作用吗？

你如果仔细地观察，便会发现其中的奥秘：小鸟儿们见田里的庄稼成熟了，纷纷赶来啄食，边吃边叫，好不自在。

突然一阵风吹来，田边发出了一阵阵"哈哈哈"的大笑声。难道这里有人吗？不是的，这笑声正是树发出的。

鸟儿们被吓坏了，扑扇着翅膀逃命去了。以后它们再也不敢来了。

那么，这些树是怎么发出笑声来的呢？原来"作怪"的正是那些果实。这些果实成熟后，里面的种子与果壳分离了，风一吹便会响起来，而这种响声与人的笑声十分相似。

正是由于这种树有会笑的特性，因而当地的人们干脆就称它为"笑树"。

植物的本领还真不小呢！

知识链接

卢旺达是非洲中东部的一个国家，位于非洲中东部赤道南侧，内陆国家。主要民族有胡图族、图西族和特瓦族，卢旺达语、英语和法语是这个国家的官方语言。

植物的"自卫"本领

神奇的光

徐 刚

树还会发光？它靠什么来发光呢？你也许会发出这样的疑问。不过看了下面的故事你一定相信还真有此事。

这是发生在北美洲一个小山村里的事。

一天晚上，天空乌云密布，四周漆黑一团。人们忍受不了闷热的天气，纷纷来到野外乘凉。小孩子们不怕热，在周围嬉闹起来。大人们一边摇着扇子，一边高谈阔论。

突然，不知是谁大叫了一声："快来看啊，那棵树的根部发光了！"

人们不约而同地将目光投向那棵大树。"啊！"大家都惊讶得叫出了声。只见那棵树的根部闪闪发光。那是一种冷光，如同一支小手电，在黑夜中显得格外明亮。人们被眼前的景象惊呆了，久久地凝视着它。

发光的那棵树是棵高大、粗壮的古树。它的树干上虽然有不少大洞，但这丝毫没有影响它的生长，它依旧枝繁叶茂，显得很有生机。它的根部有个较大的洞，里面长满了草和菌，由于害怕里面有蛇，所以没有人敢去看个究竟。

"这一定是鬼火！"

"那棵树一定是鬼树！"

人们一边指指点点，一边议论起来。他们越说越恐怖，一直

说得每个人都觉得毛骨悚然。于是，大家纷纷回到家中。

不久，这事便被传得沸沸扬扬。

在15世纪那个时代，在那个闭塞的乡村，人们对这种现象做种种恐怖性的臆想都是合乎情理的。

那发光的树究竟是怎么回事呢？其实那只是一种菌丝在作怪。由于那棵古树的根部烂出了个窟窿，里面寄生了一种菌，这种菌的菌丝里的物质与氧气会产生化学反应，便发出了一种几乎没有热量的"冷光"。

在自然界常常会出现这种现象。不过有时也可能是磷在作怪。有的树过多地吸收了地下的磷质，使树的根、茎、叶中都会有磷质，在氧气的作用下，也会发光。

植物发光是种自然现象，只要我们明白了其中的科学道理，就不会疑神疑鬼了。

知识链接

磷是一种化学元素，存在于人体所有细胞中，是维持人体骨骼和牙齿的主要物质，几乎参与所有生理上的化学反应。磷还是使心脏有规律地跳动、维持肾脏正常机能和传达神经刺激的重要物质。

植物捕虫的故事

龙 国

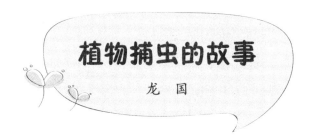

猪笼草是个捕虫能手,像猪笼草那样轻而易举地捕食到虫子的植物还有许许多多,它们各有各的"绝招"。

在日本南部有一种类似猪笼草那样用小口袋捕虫的植物。

一天,一只小虫子似乎闻到了蜜汁一般的香甜味,它顺着香味飞,来到了一个绿色的袋口边。可它一进袋口还没吃到蜜汁时,便一下子滑了进去。袋的下面是水,里面还有酸味极浓的消化酶,小虫子很快便被消化掉了。

这种植物的捕虫本领十分高超。它的捕虫袋是由叶子变形而成的,袋口在平时是关闭的,袋口边有许多小刺。它的捕虫袋的位置也很独特,一部分埋在地下,这使许多小虫上了当。那个小袋子可是危险的陷阱啊!

与猪笼草不一样,茅膏菜则是用分泌的黏液来将小虫子粘住的。茅膏菜的叶子周围有许多带黏液的毛,小虫子一不小心碰上了,就怎么也逃脱不了,越挣扎会被粘得越紧。

日本东部也有一种植物和茅膏菜的捕虫方式相似。

这是个阳光灿烂的日子。一只飞蛾在林中飞来飞去,显得十分自在。一会儿,它停下了。刹那间,它似乎感觉到自己停错了地方,因为它被什么东西粘住了。它想飞起来,可怎么也动不了啦。这时,只见这棵植物的叶子上竖起无数根触毛,一下子卷曲

而来,将小飞蛾紧紧地裹了起来。不多时,当那些触毛再次舒展开时,小飞蛾已被消化掉了。原来这是一种捕虫植物。在它那宽大的叶子上长着200多根触毛,触毛顶部能分泌黏液,并会卷曲。当虫子被卷起来时,它又会分泌消化酶,使小虫子成为它的美餐。

与以上的植物不同,捕蝇草也有自己的捕虫办法。

这是发生在美国北卡罗来纳州的事。一天,一只苍蝇在草丛中飞来飞去,不一会儿,它累了,便找了一株开白花的小草,想停下来,这株小草长着红色叶心,很诱人。可有时美丽的东西会使人上当的。这只苍蝇便上了当。它刚一停下,那张开的叶子突然像蚌壳一样合拢了。原来,叶子上有许多感应毛,小虫子一触到,叶子就会合起来。叶子的边缘还有许多又长又硬的刚毛。它捕虫速度之快,简直叫人瞠目结舌,它捕捉这只苍蝇仅用了1秒!10天后,当蚌壳一样的叶子张开时,那只苍蝇早被消化掉了,那些它不能消化的残渣也被清除了。

除了陆地上的植物外,有的水生植物也有捕虫本领。狸藻便是其中之一。

一只小昆虫在水面上飞来飞去,它的下面生长着许多狸藻。小昆虫并不知道这里也有危险,它落在一片叶子上。这是狸藻的叶子,叶子上有十多个小袋囊,它们实际上就是捕虫器。小袋入口的"门"很特别,它只能从外面推开,而无法从里面打开。小昆虫刚落下来,还没来得及反应,就被吸了进去。它成了狸藻的美食。狸藻生活在热带地区的池塘或小溪里,它们有的扎根于淤泥中,有的则漂于水中。

自然界中的捕虫植物还多着呢。像瓶子草这种多年生草本植物,它长着瓶状的叶子,上面还有个小盖子,内壁有许多小刺,

植物的"自卫"本领

里面有消化液。小虫子一旦进入瓶内,就再也无法逃脱。

在澳大利亚、北美和南非有一种叫"毛毡苔"的植物,它会分泌甜味诱引小虫子。它的针垫中间会分泌黏液,小虫子一旦被粘住就无法挣脱。

捕虫植物的故事真是千奇百怪!

知识链接

茅膏菜有多种颜色,一般生长在潮湿的地方,叶面的腺毛会分泌黏液。它开白色或带红色的花。根为球形,茎挺直。

车轮里的幼苗

章龙兴

植物的根总是向下生长,而植物的茎总是向上生长,这是人人皆知的事实。但你知道这是什么原因造成的吗?

为了找出这其中的原因,人们做过许多实验。

有人曾经做过这样的实验,想看看植物是不是总是使根向下生长,使茎向上生长。实验者将一颗幼芽压弯,看它是怎样生长的,结果发现,这个小幼芽冲破阻力,仍不屈不挠地向上生长着。然后实验者又将幼芽横着放,结果幼芽的根依然向下生长,而茎则挺立向上。如果将幼芽倒过来放,会如何呢?实验结果发现,幼芽不畏艰难困苦,坚定地弯着身子,根和茎又转了个方向,根向下、茎向上是它永远的"追求"。

19世纪初,有个名叫纳依脱的科学家做了这样一个有趣的实验:

他选择了一个车轮子。这个车轮的外周有许多小孔,那是用于固定螺丝的。这些小孔恰好可以放入一些小幼苗,既可以固定幼苗,又不影响幼苗的短暂生长。

他做好了准备工作后,便让车轮转动起来。那些小幼苗便在运动中生长着,当然"身体"是处于"失重"状态下的。一段时间过后,纳依脱发现了一个有趣的现象:那些小幼苗的根无一例外地都朝着向心力的方向生长,而茎则都背离向心力的方向生长。

植物的"自卫"本领

纳依脱的实验向人们揭示出这样的规律：植物的生长也受着地球引力的影响。根的生长方向总是与引力方向保持一致，而茎则是"背道而驰"的。

而这又是什么原因造成的呢？许多人认为是植物的生长素在起作用。生长素由于受地球引力的影响，总是向下流动。植物的根和茎中都有生长素。生长素的多少又影响生长速度，生长素多的部分反而生长慢，少的部分则生长快。所以，根的上部生长快，下部生长慢。根尖在上部生长的推进作用下，而向土壤中"深入发展"。茎部恰好相反，所以向上生长。

知识链接

植物生长素就是调控植物生长方向的激素，它的主要作用是使植物细胞壁变得松弛，从而促使细胞增长。

第一个吃西红柿的人

刘 峰

1554年，又一批葡萄牙殖民者来到了南美洲的安第斯山脉。在墨西哥，他们发现了一种他们从未见过的可爱的植物。它的个头虽然不高，但长着羽毛状的复叶，绿得发亮，开着朵朵美丽的黄花，长着球状的果子，看起来很美丽。

"啊，这是什么植物？真漂亮！"其中的一个胖胖的葡萄牙人首先发现了它，惊奇地说。

大家都聚拢过来，仔细观赏起来。其中一个瘦子走到近前，摇摇头说："我看这不是什么好东西，看它的枝叶上长着那么多可怕的茸毛，我想它一定有毒。"他一边说着，一边又伸过头去嗅了嗅："呀，这枝叶上分泌出的液体，有种难闻的怪味，肯定不是什么好东西！"

那个胖子听了瘦子的这一番话，心中大为不快，他觉得瘦子的话是对这么一种美丽的植物的诬蔑。他瞥了瘦子一眼，说："我看不见得。如果你要这样说，我倒要将它带回国，种到我的花园里。"

胖子这么说，也真这么做了，他将这株西红柿带了回去，栽在了他的花园中。

几年过后，西红柿成了不少好奇者花园中的一员。

可是，由于它枝叶上被覆着茸毛，加上分泌出的液体散发一种不好闻的味儿，所以西红柿的果实没有人去品尝，当然谁也不

植物的"自卫"本领

敢去品尝。人们都相信，它的果实一定是有毒的。大人们对小孩子们说：这果实是"狐狸的果子"，谁吃了它都会死的。一代传一代，西红柿的果实始终是"禁果"。

一晃300多年过去了。此时的西红柿出现在欧洲和美洲的许多国家，可只是作为一种观赏植物，而不是作为一种蔬菜在种植。

一天，美国有个叫罗伯特的人突发奇想，他决心要尝一尝这种被人鄙视的"毒果"。他掰开了一只透熟的西红柿，小心地用舌头舔了舔。他觉得这味道可口极了。美味吸引了他，罗伯特终于将一个西红柿吃掉了。

罗伯特怀着忐忑不安的心情过了一夜，可他不但没有死，而且一点反应也没有，一切如常。"这肯定是种可以食用的东西！"他这样想。于是，罗伯特又吃了几个西红柿。又过了一天，罗伯特仍安然无恙。

罗伯特勇敢地吃掉了好几个西红柿。这一消息不胫而走，人们都来了，想亲眼看一看这件事。于是，罗伯特当众坦然地吃下了好几个西红柿。他告诉人们，它的味道好极了！人们看着罗伯特那样津津有味地吃着，不禁流下了口水。

不久，人们都吃起了西红柿。

这个昔日被称作"狐狸的果子"的西红柿，很快成了人们餐桌上的一道佳肴。人们不仅生吃西红柿，而且还学会了熟食，甚至将它制成果酱、果汁和各种沙司。

如今，西红柿可以说是遍及全球。在南部欧洲，尤其是意大利，种植更多。意大利人给它取了个别致的名字——金苹果，可见他们对西红柿的喜爱程度。

现在，人们都知道，西红柿富含营养成分，它对人体有好处。

它含有大量的无机盐和维生素。由于它有酸味,在酸的保护下,将西红柿熟食,维生素C也不易被破坏掉。番茄素是西红柿中的一种极有用的成分,它有利尿和帮助消化的作用。中医将它视为一种极其有用的植物。

如今,我们在品尝西红柿时,不能忘掉第一个吃西红柿的人,他为我们作出了贡献,他是我们心目中的"勇士"。

知识链接

安第斯山脉是陆地上最长的山脉,从北美一直延伸到南美,长约9 000千米,约为喜马拉雅山脉的3.5倍。

墨西哥位于北美洲,北部与美国接壤,西部是太平洋。首都是墨西哥城。

第三辑
大自然寻秘

写在雪地上的书是什么样儿的？大象为什么不爱爬山？有两个朋友为什么玩不到一块儿？风娃娃有多调皮？小兔和小羊会说些什么呢？……

这些都是发生在大自然中的趣事，它们的答案就藏在后面的童话中。

正如一首诗所说："别以为只有人才会说话，大自然也有语言。这语言到处都有，仔细观察就能发现。"

花香鸟语，草长莺飞，都是大自然的语言。而要听懂这些语言，小朋友们就要留心观察，用心思考。

用眼看，用脑想，用心去感悟，我们会有意想不到的收获。

小兔和小羊的对话

段 涛

小兔和小羊一起坐上小飞机飞上了天空,他们要好好享受愉快的旅程。

小羊驾驶着飞机,小兔坐在后排,他们一边欣赏窗外的美景,一边聊着天。

可过了一会儿,小羊问话后,小兔竟然不回答了。小羊不知何故,回头一看,噢,原来小兔戴着耳机在听音乐呢。

小羊大叫着,让小兔摘下了耳机:"你陪我聊天呀!要不我多着急呢。"

小兔不情愿地摘下耳机,说:"可我还想欣赏音乐呢,听音乐看美景,多好!哎,要是不用戴耳机就能欣赏到音乐该多好!小羊,你能不能想出什么办法来?"

小羊说:"这个,我得好好想想。"

过了一会儿,小羊兴奋地说:"我有办法了,不但能让你不用戴耳机就欣赏到美妙的音乐,我坐在前排也能欣赏到呢。"

"快说!快说!我该怎么做?"小兔急不可耐地说。

"你记得老师说过的声音传播那一课吗?"小羊说,"其实很简单,你先用纸卷个圆锥,将锥尖插进耳机的插孔,开大音量,就行了。"

"这么简单啊!"小兔将信将疑地说。

但小兔还是按小羊说的做了。果然，从圆锥里发出了很大的音乐声，不但小兔听得清楚，小羊也听得一清二楚。

"啊，小羊，你本事真大呀！真会想办法！"小兔对小羊佩服得五体投地，"那么，你能说说这运用的是什么原理吗？"

"原理一点儿也不复杂啊。"小羊解释道，"你应该知道老师给我们介绍的知识：声音是由物体振动产生的，正在发声的物体就叫'声源'。声音是以声波的形式传播的。简单地说，声音就是声波通过固体、液体或气体传播形成的运动。"

"这个我知道。"小兔摆摆手说。

小羊接着说："你把圆锥形的纸插进耳机插孔，音乐声进去后会使纸产生振动。音乐声沿着圆锥形的纸向外传递的时候，整个圆锥形的纸都会振动，音量自然就增大啦，我们听到的音乐声当然会更响亮了。"

不知不觉，他们飞到了一片草地上空。这里就是他们的第一站。他们将飞机降落在草地上，准备住两天再走。

突然，天刮起大风，接着便是电闪雷鸣。他们只好躲进附近的房子里，等雨停再游玩。

看着闪电，听着雷声，好奇心极强的小兔又问起小羊："为什么我们总是先看到闪电，再听到雷声呢？"

知识渊博的小羊解释道："闪电是云与云之间、云与地之间或者云体内的部位之间的强烈放电现象。因为光在空气中的传播速度是每秒钟30万千米，而声音的传播比光的传播要慢得多，声音传播速度是每秒钟340米，声速只有光速的90万分之一，可见光的传播速度远远快于声音的传播速度，所以，我们总是先看到闪电后听到雷声。"

小兔听了不住地点头,他打心眼儿佩服小羊渊博的知识。

"但我们为什么有时只看到闪电,听不到雷声呢?"小兔的问题真不少。

"那是因为雷电现象发生地离我们太远了呗。发生地一般在60千米以外,我们就只能看到闪电,听不到雷声了。"小羊回答道。

"我突然有个发现,"小兔激动地说,"听你这么解释,我觉得我们可以测出雷电现象发生地离我们这儿有多远呢。如果用秒表测出闪电与雷声之间的间隔时间,再乘以声音传播的速度(340米/秒),就能大致测算出雷电发生地与我们的距离。比如,我们看到闪电后6秒钟听到了雷声,那么雷声离我们的距离就是:$340 \times 6 = 2\,040$(米),对吧?"

"太对了!你真聪明!"小羊猛拍了一下小兔的肩,高兴地说。

得到小羊的赞扬,小兔心里也乐开了花。

知识链接

闪电是云与云之间、云与地之间或者云体内各部位之间的强烈放电现象,一般发生在积雨云当中。闪电会因温度太高,使空气极度膨胀而移动迅速,从而形成波浪,同时发出声音。

小水滴的秘密

龙 吟

一、可恶的冻霜

小水滴并不是一开始就这样大——像豌豆一般的大小。

小水滴也并不是一开始就这样热心——总想着帮助别人做好事。

那是很久以前——

那时候,小水滴还没有出世呢。空气很湿润,无数个肉眼看不见的小小水珠在空中到处游荡。他们在干什么呢?他们是在找自己的小伙伴呀。你瞧,一个小小水珠找到了另一个小小水珠做朋友,他俩就成了大一点儿的小小水珠;大一点儿的小小水珠又找到了另一个小小水珠做朋友,他们又变成更大一些的小小水珠了……就这样,在高远的天空,无数个小小水珠终于变成很多很多可爱的小水珠了。小水珠们就独自玩吗?不是,他们还在找朋友。不信你看,他们几个小水珠遇到了,要做朋友了。啊哈!他们变成了一颗美丽的小水滴。

小水滴就这样诞生啦。

小水滴是在夜深人静时出生的,那时,太阳公公睡得正香,他一点儿也不知道。

小水滴出生不久,天气突然变冷,冻得他浑身哆嗦。不一会儿,他那柔软的身体便硬邦邦起来,全身发白,像雪一样,小水滴支持不住了，他昏了过去……

小水滴醒来的时候，太阳公公还没有起床。小水滴看不清楚自己究竟在哪里，像是躺在一块硬石上。他动了动，怎么也离不开。

"妈妈，好冷，快冻死我了！"

突然，在小水滴的下方传来娇嫩的叫声。

"孩子，坚持一下，太阳公公一出来就会好的。"

在小水滴身边的不远处又传来说话声，这声音要粗一点儿。小水滴心想，这说话的一定是前面那孩子的妈妈。

"你们是谁？是谁在说话？"小水滴急切地问。

"我们是小树！你这个可恶的坏蛋！冻死我们啦！快给我们离开！"娇娃娃在大声地叫。

小水滴这才知道，原来是小树和她的妈妈。

"这——这可不能怪我呀！因为我也不知道是怎么来这儿的。我走不了呀！"听了小树的责骂声，小水滴急忙给自己辩解。

"你这个可恶的冻霜！太阳公公醒了，你会尝到他的厉害！"小树妈妈也十分气愤地说。

听了小树妈妈叫他"冻霜"，小水滴很奇怪，心想："'冻霜'是什么？她们准是认错了。"

"我不叫冻霜，我叫小水滴呀。"小水滴连忙解释。

"瞧一瞧你惨白惨白的身子，还叫小水滴呢！别骗人了！你都冻坏了我的孩子。"小树妈妈怒气冲冲地说。

小水滴看了看自己，呀，身体简直和雪一样白，根本不是什么晶莹透亮的小水滴。

小水滴看着自己这副模样，想想又让小树受寒冷的苦，他伤心地哭了。

植物的"自卫"本领

这时候,太阳公公起床了,他把金子般的阳光洒遍大地,大地温暖了。大地妈妈从沉睡中醒来,打了一个呵欠。

小树兴奋地抖动着身子。

小水滴(不,这时应该叫"冻霜")白而硬的身体渐渐地松软了,又变成了一颗晶莹的小水滴。

"太阳公公,这都不是我的错呀,我真的什么也不知道!"小水滴委屈地向太阳公公解释。

"这我知道。"太阳公公微笑着说,"你回去吧,回到高远的空中。昨天夜里你上了冷魔王的当,以后可要注意呀。"

没多久,一颗晶莹的小水滴,又变成了无数个眼睛看不见的小小水珠,飘向天空。

二、可恨的冰雹

小水滴死了吗?当然不会。原来,许许多多的小小水珠靠在一起,又变成了小水珠;许许多多的小水珠靠在一起,又变成了小水滴啦。

现在的小水滴比以前更漂亮了:他的身子像金子一般闪闪发亮,美极了!可是,他总有一个毛病,那就是记性不好——他把自己冻坏小树的事早忘了;最糟糕的是,小水滴把太阳公公的话——要当心冷魔王,也给忘了。

小水滴爬到高远的天空快活地玩着,可他并不知道,冷魔王又在等着他呢。

这一天晚上,太阳公公睡得很沉。小水滴一点儿也不想睡,他在空中尽情地玩着,他想在这个静静的晚上玩个痛快。他不停地向高远的天空攀爬。突然,小水滴觉得自己的身体沉重起来,不一会儿，就怎么也动不了，身体变得像玻璃一样坚硬。小水滴知道又上了冷魔王的当，急得想大声叫喊，可是他张不开嘴，声音只能在肚里响。

小水滴又一次昏了过去，他从高远的天空跌落下来，重重地摔到了地上。

过了很久，当小水滴醒来的时候，他发现自己正躺在幽暗的地方。

"姐姐，可恶的冰雹砸坏了我的绿裙子，砸得我好痛哟！我冷！"突然，从小水滴的上方传来了娇滴滴的声音。

"别怕，等一会儿太阳公公会来惩罚这些可恶的家伙！"从小水滴的左上方又传来了大娃娃的声音。

"她们在说'冰雹'，难道我又上了冷魔王的当，变成了可恶的冰雹了吗？"小水滴心里想。

这时候，太阳公公就要起床了。山姑娘正在打扮呢，她把最美的脂粉涂在自己的脸上。小水滴连忙看了看自己，啊！简直把他吓呆了——他真的变成了一粒可恶的冰雹，圆圆的身子，硬得像玻璃球一般。

小水滴（不，这时应该叫"小冰雹"）真想大哭一场，可是他怎么也哭不出声，更流不出泪。

他向上看了看，这才发现，刚才说话的正是站在他身边的白菜姐姐和白菜妹妹。白菜妹妹那件美丽的绿裙上有个大大的窟窿，那一定是他摔下来时砸坏的。小水滴恨透了冷魔王，也恨自己又做了一件伤害别人的事，后悔当初忘了太阳公公的话。

不一会儿，太阳公公起床了，他又一次把金灿灿的阳光洒向大地，大地妈妈从沉睡中苏醒了。

植物的"自卫"本领

"太阳公公，您一定得狠狠惩罚这些可恶的坏蛋——冰雹，他们做尽了坏事！您瞧，他们砸伤了我们许许多多的姐妹，还砸伤了许多小麦和小豆姐妹。"一见到太阳公公，白菜姐姐就向太阳公公告状。

太阳公公用自己温暖的光照耀着大地。"冰雹"硬邦邦的身体酥软了，渐渐地又溶化成晶莹的小水滴。

"小水滴，我告诉过你要当心冷魔王，怎么忘了？"太阳公公严肃地说，"你还是回天上去吧，不过，你以后可得认真地学做好事！"

"太阳公公，以后我一定做好事。"小水滴又委屈又惭愧。

太阳公公温暖的阳光又使小水滴变成了无数颗小小水珠，飘向天空……

三、是坏事，还是好事

小水滴不再出现了吗？可不是呢。无数个小小水珠手拉手，抱在一起，又成了小水珠；许许多多小水珠抱在一起，又变成了小水滴啦。

小水滴在空中游啊游。高远的天空冷极了，小水滴冻得直打冷战。但他还得强打精神，不敢松懈，因为他还必须当心冷魔王呢！

突然，小水滴发现了一件奇怪的事：他周围的许多小伙伴变成了美丽的雪花公主，穿着洁白的衣服，翩翩地跳着舞。

"小水滴，你也变成小雪花，我们一块儿跳舞，一块儿去大地吧。"一个热情的雪花姑娘上来劝小水滴。

"不！你们一定是上了冷魔王的当啦。"小水滴认真地说，"你们去大地，会冻坏庄稼和小树的。"

"小水滴，你错啦。我们去给大地铺上厚厚的'棉被'，庄稼和小树会感谢我们的。"雪花姑娘得意地说。

"真的吗？"小水滴有些怀疑。

"当然是真的！"雪花姑娘说得很肯定，没有骗人的意思，"不信你自己去看啦。"

小水滴听了雪花姑娘的话，也变成了一片美丽的小雪花。

小雪花——小水滴这时应该叫"小雪花"，和雪花姑娘，还有许多小伙伴，一起飘向大地。

他们一边飘着，一边跳着舞，舞姿美极了。

小雪花落在一株蚕豆苗上，轻轻地给他盖上了棉被。

"谢谢你，小雪花！我现在暖和多了！"蚕豆苗弟弟对小雪花说。

"真的？那太好了！你好好地睡吧。"小雪花心里高兴极了，因为蚕豆苗谢了他——他这回可做了一件好事呀。

"太冷啦！小雪花真坏，冻死我了！"

突然，从小雪花下边传来微弱的叫声。

"是谁在骂我？"小雪花仔细向下瞧，原来是一条可恶的小害虫。小害虫趴在地上，身体直打战，不一会儿，就一动不能动，他死啦。

"嘻嘻，冻死你！"小雪花很高兴，因为他冻死了一条害虫，又做了一件好事。

小雪花正高兴着，突然窜来一只兔子。

"讨厌的大雪，害得我找不着吃的东西！"兔子骂了一句，一溜烟跑了。

"大雪真可恨！"突然从小雪花头上传来"叽叽喳喳"的叫

植物的"自卫"本领

声,"吃!吃!哪儿有?"

小雪花抬头看了看,原来是打这儿飞过的两只小麻雀。

"难道我又上了冷魔王的当,做了坏事吗?"小雪花心里想,"要不,为什么兔子和麻雀讨厌我呢?可是,蚕豆苗为什么喜欢我呢?害虫还会被冻死呢?"

小雪花想了很久,不知道自己是对还是错。

过了两天,太阳公公终于露脸了,他要把温暖送给大地。

"太阳公公,这回我又错了吗?"见了太阳公公,小雪花迫不及待地问。

"噢,可爱的小水滴,你变成了美丽的小雪花啦。"太阳公公微笑着说,"孩子,你没有错,雪是益大于害的。大雪冻死了许许多多害虫,保护了庄稼,还给大地送来了许多水呢。"

听了太阳公公赞扬他的话,小雪花高兴得差点儿跳了起来。

没多久,小雪花又变成无数个小小水珠向空中飘去,无数个小小水珠连成一体,又变成小水滴啦。

四、什么也看不清

许多天过去了,春姑娘来了,她给大地穿上了七彩的衣服。大山绿了,花开了,小河里的水涨起来了。顽皮的孩子们在温暖的阳光下放起风筝。

小水滴又想到大地上去看一看春天热闹的景象,为这事,小水滴家闹矛盾了:因为小水滴是由许多小小水珠组成的,这时小小水珠们意见不统一,他们有的想去花丛中玩一玩,有的要去树林里转一转,有的想去草地上走一走……大家争得很厉害,你说你的理,我说我的理,互不相让,最后,只得散去。

小水滴就这样又变成了许许多多小小水珠。

小小水珠在大地上游呀游。不一会儿,越来越多的小小水珠来了。大地朦胧起来,小树林模糊了,小草们不见了,小花们也不知道躲在哪儿……小小水珠们什么也看不清,只得四下里乱窜。

"雾太大了,我跳不了舞啦!"蝴蝶们埋怨说。

"雾太大了,我不能采蜜啦!"蜜蜂们很生气。

"这么大的雾,我怎么开车呀!"驾驶员们不高兴。

"好大的雾,我放不了风筝啦!"孩子们叫着。

小小水珠们这才明白,是他们自己错了,他们不该闹矛盾,团结成小水滴该多好。

这时,太阳公公又说话了:"小小水珠,你们还是团结成小水滴吧,去白云妈妈那儿,那儿需要你们。"

小小水珠们听了太阳公公的话,又团结成晶莹的小水滴,回到白云妈妈的怀中……

知识链接

浮游在空中的小水滴或冰晶组成的水汽凝结后变成雾。凝结物主要是地面水分蒸发,增加了大气中的水汽;另外就是空气自身冷却而成。

植物的"自卫"本领

月球与地球

张 慧

有个古老的传说：月亮上的广寒宫里住着一位美女，名叫嫦娥；还有一位叫吴刚的人，天天在砍伐着桂树；陪伴他们的，还有一只会捣药的白兔。

1969年7月19日，美国太阳神11号太空船登上了月球，但宇航员们没有看到广寒宫，也没有见到嫦娥和吴刚，同样没有什么桂树和白兔，这些只是人们的美丽想象。

有个有趣的数据是：太阳直径约是138万千米，月球直径是3 400多千米，太阳直径约是月球的395倍。月球离地球平均距离约是38万千米。太阳离地球的平均距离约是1.5亿千米。太阳到地球的距离约是月球到地球的395倍。都是395倍，多巧合呀！

虽然太阳直径是月球的395倍大，但是太阳到地球的距离约是月亮到地球的395倍，所以我们在地球上看这两个天体，感觉它们的圆面大小是差不多的。

月球到底是怎么来的呢？目前有关月球起源的说法主要有三种：

第一种假说认为，月球和地球一样，是在46亿年前由相同的宇宙尘云和气体凝聚成的。但是，如果地球和月球是在那时经过相同过程形成的，那么它们成分应该是一样的，可是它们的成分差异很大。因此，有人认为，这种假说是不可能成立的。

第二种假说认为，月球是由地球抛离出去的，抛出的点后来就形成了世界上最大的洋——太平洋。但是自从人类登上月球，并取回月球土壤，化验分析的结果是：月球和地球的成分并不相同，这说明月球不是从地球分出去的。

第三种假说认为，月球是宇宙中的某个星体，运行经过地球附近时，被地球重力场捕获，于是便环绕着地球转。但我们知道，太阳引力比地球引力要大得多，月球飞进太阳系后，应该受到太阳的引力而飞向太阳，不是受到地球的引力飞向地球的。

但不管人们怎么猜测，月球就在天空看着我们。地球在自转的同时，还会绕着太阳转；而月亮则绕着地球转，已经不知转了多少年了。

月球在以每小时16.56千米的速度自转着的同时，也在绕着地球公转。而它自转一周的时间与公转一周的时间是相同的，所以月球永远只是一面向着地球。

知识链接

太阳系以太阳为中心，包括8颗行星（水星、金星、地球、火星、木星、土星、天王星和海王星）、许多卫星、一些矮行星和数以亿计的小天体。

植物的"自卫"本领

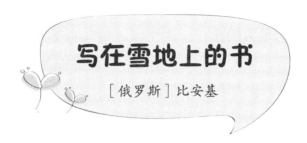

写在雪地上的书

[俄罗斯] 比安基

野兽走来走去，把脚印留在雪地上。那些脚印并不是一下子都能分辨清楚的。

左边，那矮树林下面出现的是兔子的脚印。前脚留下的脚印是小圆形的，后脚留下的脚印是长条形的。兔子的脚印多半留在旷野间。右边，是另一种野兽的脚印，要略大一点，雪地上留下了它锋利爪子的深度，这是狐狸的脚印。而兔子脚印的另一边还有一串脚印，那也是狐狸留下的，只不过这只狐狸是向后跑的。

兔子在旷野里兜了个圈子，狐狸也跟着兜了个圈子。兔子的脚印向另一个方向延伸，狐狸也跟着。两串脚印在旷野中不见了。

瞧，在另一边又出现了兔子的脚印。一下子不见了，一下又出现了……

兔子走着，走着，后来突然不见了，就像是钻进了地里！在兔子脚印消失的地方，留下一个乱糟糟的雪窝，四面有一条条光滑的痕迹，仿佛是人用手指头抹过似的。

狐狸哪去了？兔子哪去了？我们来看脚印。

这是一座矮树林。这里的树皮被撕开，挂了下来。矮树留下许多踩踏的脚印，还伴有泥污。这是兔子的脚印。这只兔子吃嫩叶吃树皮，显然，是它的肚子饿了。它用后腿站立起来，用牙撕下一块树皮，在嘴里细嚼，走了几步，又撕下一块树皮，吃饱了，想睡觉了。它边跑边找，看是到哪儿去躲着睡觉最合适。

再来看，这狐狸的脚印，就在兔子的脚印旁边。事情准是这样：兔子睡了，睡了一个钟头。狐狸在旷野里走动。它发现：地上有兔子的脚印！狐狸的尖嘴于是挨贴到地面，走着，嗅着。

它马上闻出来：这脚印是刚留下的。于是，它沿着脚印追寻。

狐狸狡猾，可兔子也不笨。兔子把自己的脚印搞得乱乱的。它在旷野里一蹦一跳，拐了个弯，兜了个大圈，然后穿过自己的脚印，往一边跑了。兔子的脚印先是从从容容、不慌不忙的，在没有觉察有灾祸追随它时，它的步态是平稳的。

狐狸追呀，追呀，它看到拐弯处的脚印是新鲜的。它没有猜到兔子兜了一个大圈。狐狸追踪新鲜的脚印，拐弯，从侧跑呀追，追呀跑，突然，脚印没有了，这下还往哪儿追？其实，这是兔子的又一个新花招。

兔子兜了个圈，穿过自己的脚印，往前走一段，又顺着自己的脚印往后走。兔子这回走得很小心、很仔细，每一步都踩着原来自己留下的脚印。

狐狸站着，站着，接着往回走，又走到脚印交叉的地方，它顺着兔子的脚印兜了一个圈。

它走呀，走呀，看出兔子在蒙骗它，引它上当，它不知道该往哪个方向才能找到兔子！它打了个响鼻，就进森林干它自个儿的事情去了。

事情就是这样的：兔子在同一串脚印上走了两次，向前一次，又踩着自己的脚印往后走一次。它在没有兜完一个圈子的时候，就钻进并穿过一个雪堆，从另一个方向跑掉了。它跳着穿过矮树林，接着就在一堆干树枝底下悄悄躺着。它躺在那里，一直躺到

狐狸循着它的脚印找来。

等到狐狸走远了,就一下子从干树枝堆下跳出来,钻进了密密的树林。

兔子能跳着跑,能跳得很远,它跳着跑的时候,后脚一下下都到前脚,这时候留下的脚印就是飞奔的脚印。

它飞奔起来,人眼都看迷乱了。路上有树桩。兔子侧身一绕,就过去了。可在树桩上……

在树桩上蹲着一只大雕。大雕一见是兔子,马上飞起,追上兔子;一追上,就准备用它那双铁钩般的利爪去钩兔子脊背!

兔子一头钻进了雪地,大雕扑过去,一对大翅膀在雪地上啪啪扑扇,把污泥都扇了起来。

兔子钻进积雪的地面,就留下一个乱糟糟的雪窝。大雕翅膀每一下拂扇,都在雪地上留下痕迹,那些痕迹就像用手指头抹过油般的光滑。

兔子飞奔着,很快钻进了森林。脚印就不见了。

知识链接

每种动物的脚印都是不一样的,我们在雪地上观看脚印,就能发现动物的行踪。动物的脚印会告诉我们,它们从哪里来,又到哪里去;还会告诉我们,它们都干了些什么。

谁的办法多

[苏联]尼·巴甫洛娃

夏天,在林间空地上,什么样的林中居民都有!脚少的,有两只脚;脚多的,有几百只脚。眼睛少的,有一双眼睛;眼睛多的,有1 000只眼睛。有的穿着厚皮大衣,有的光溜溜一丝不挂。

不过,有时各种不同的生物彼此认识以后,就会发现他们虽然各不相像,但有许多共同点,有聊天的共同语言。这有什么可奇怪的呢?都住在同一个地球上面,呼吸着同一种空气。

有一天,刺猬、蚂蚁和毛毛虫(褐尾毒蛾的女儿)在林间空地上相遇。他们在一起坐了一会儿,谈了一会儿,后来就争论起来:在防卫敌人方面,谁的办法多?

"没有比我的刺更好的保护物了。"刺猬说,"又坚固,又尖锐,向四面八方翘着,你抓住我的后领试试看吧!我那个最先穿上有刺皮大衣的祖先,真是太聪明了!太聪明了!"

刺猬这么一说,大伙儿都冲着他来了。

"这有什么了不起的!发明几根刺,还用得着多少脑子!"

"据我知道,连完全没有头脑的生物,连植物,都会用刺来自卫。"毛毛虫说,"有一回,我想爬到一棵野蔷薇上去,结果发现这是完全不可能的。野蔷薇的刺比刺猬的刺还要尖呢!"

刺猬气得"呼哧呼哧"直喘,一声也不响了。

"最好是抓住敌人咬一口;然后往伤口里注射一针蚁酸。"蚂蚁

植物的"自卫"本领

说,"我们蚂蚁总是这么做。没有比这更聪明、更巧妙的办法了。"

"可是,你要知道,没头脑的荨麻也这么办呀!"刺猬反驳道,"荨麻从上到下都是很细的刺。你只要一碰她们,她们就戳进肉里,往皮下注射一针火烧火燎的东西!我小的时候,被荨麻戳了一下鼻子,我一辈子也忘不了呢!"

"荨麻蜇人是跟我们蚂蚁学的。她们注射用的酸,也是我们的蚁酸。"

不过,蚂蚁的话谁也不信。毛毛虫说:"跟敌人面对面打仗,才叫可怕!根本不应该让敌人走近身边!"

"我从来没有去毒害过谁,但是我的敌人——鸟儿们——都知道:褐尾毒蛾的女儿毛毛虫是有毒的。一定是从前试验过!"

"现在,我们全靠衣裳拯救自己:红斑点、红条纹、白斑点、白条纹,底子是黑的。瞧,我们服装的颜色多么鲜艳!鸟儿隔得老远就看见我们了。他们一看,就认出来了,知道:'这是碰不得的——碰了就要倒霉!'"

"这固然挺巧妙,可是我的祖先宁可用刺来自卫。"刺猬嘟嘟囔囔地说。

"刺,有什么大不了的!"蚂蚁反驳他,"毒药和颜色鲜明的服装,固然不错,但这并不是毛毛虫发明的,是毒蝇蕈发明的!"

"这算怎么回事儿?你这就等于是说:没有头脑的植物不比我们糊涂?这种说法太可怕!"毛毛虫愤愤地说,"难道说,我们就没有一个祖先想出来过那么一种植物没有的自卫办法?"

"我的祖先想出来过。"蜥蜴突然回答,刚才他一直在太阳里打瞌睡,谁也没想到他在听大伙儿说话。

"顶聪明的办法,就是见了敌人就溜之大吉!如果敌人追上了

植物的"自卫"本领

你，咬住你的尾巴你就把尾巴丢掉，继续往前跑。等敌人搞明白是怎么回事儿时，总来得及逃到一条缝里去的。"

"把自己的尾巴丢掉！"刺猬愤慨地说，"多么野蛮的行为！"

蚂蚁和毛毛虫听了蜥蜴的话，却满不在意，因为他们根本没有尾巴。不过，谁也不愿意承认蜥蜴胜利了。

"冬天快要来的时候，树木就把树叶丢掉。"蚂蚁犹犹豫豫地说。

"不过，树木可不是用此办法来躲避冬天呀。"蜥蜴反驳道。

大家都明白他的话是对的。但是因为刺猬恶狠狠地斜眼盯着蜥蜴的尾巴，所以蜥蜴没等别人祝贺他的胜利，就一溜烟儿逃走了。

知识链接

所有的动物都有自我保护的本领，这些本领各不相同。刺猬有一身坚固的硬刺，遇到危险时，便缩成一团，把刺张开，捕猎者就不敢伤害它了。蚂蚁在遇到侵害时，先咬对方一口，往对方身体里注入大量蚁酸，使对方丧失进攻的能力。毛毛虫、蜥蜴也都各有自己独特的办法。瞧，很奇妙吧？

两个玩不到一块的朋友

[俄罗斯]玛·吉舍廖娃

两条软虫在粗糙的树皮里爬行。

"唔,我倒是不能在树皮里面生活。我看不惯蛀虫。并且,整天看不到阳光。"毛毛虫说。

"蛀虫是太可怕了!在木头里钻呀钻呀,就这么钻一辈子!"斑斑虫说,"泥土多好,我喜欢泥土的气息。"

"我也是的。让我们在这根树枝上歇上一歇。我也喜欢土地的气息。草也香,花也香……当然,最好的是天空!"

两个朋友趴在树枝上憧憬着天空。不用说,她们对有翅膀的都羡慕。她们想飞想得难耐了,就爬到树叶上去,风吹着树叶,下面是地面;上面是天空,两条软虫想象自己已经在飞翔了。

"呵呵!"一条叫过,另一条叫,"就是头发晕!我们好像在天空中飞舞了,呵呵!"

过了一阵,两条软虫都累了,她们想睡了。她们钻进地里就睡着了。

在一个阳光灿烂的早晨,树间的地里"窸窸窣窣"响起来,从地面爬出一只蝴蝶。她认得出自己生活过的树、空地,然后……

"怎么回事?"她低声自语道,"难道我有翅膀了吗?真奇怪!我能扇动它们吗?"

植物的"自卫"本领

她扇动翅膀飞腾起来,一下冲向天空,然后降下来落在花朵上。接着她绕着空地飞。当她只会爬动时,这空地是根本爬不到的。

"难道我是在飞了吗?"她惊喜不已,"我有这么一对彩色的翅膀。"

一天到晚,她都在兴高采烈地飞舞着,直到天快黑了,她才想起自己还有一个朋友。她在哪里?她不是也和我同时钻进地里去的么?可能,她今天也醒了。

果然不错,她刚从树木间的草丛里爬出来。

"是你吧?我一下就认出是你了,虽然你现在长了翅膀!我是早上醒来的,已经飞了一天了。"

彩蝶描绘着明丽的阳光,暖融融的天空,还有蔚蓝色的湖。

"明天咱们俩一起飞,可现在已经晚了,我们睡觉吧。"

"不,"朋友说,"现在正是飞翔的好时光。太阳闭上了眼,至于暖和嘛……你瞧我,我翅膀上长有厚厚的绒毛,我正觉得热呢。"

她的翅膀真是茸茸的,散布着灰蓝灰蓝的花纹。她喜欢沐浴在月光里,这月夜是这般温柔、安谧和凉爽。

"让我们现在飞吧!"她要求道,"你看,那露珠,整个林间空地都落满了!"

"可是太凉了呀!"彩蝶说,"噫,我累了。我怕黑暗,我得去睡了,再见!"

"为什么咱们俩飞不到一起哩,"她们都觉得奇怪,"咱们不能在一起玩吗?为什么一个要飞的时候,另一个正要睡觉?"

直到后来,她们才弄清楚:她们中一只是日蝶,爱太阳和温暖;另一只是夜蝶,喜欢在月光里翔舞。这样,她们就再也做不成在一起玩耍的朋友了。

知识链接

日蝶喜欢白天,夜蝶喜欢夜晚,它们的生活习惯不同,所以玩不到一块去。日蝶在幼年时是一只斑斑虫,长大后有一对彩色的翅膀,它喜欢温暖的天气和明媚的阳光,所以叫"日蝶"。夜蝶在幼年时是一只毛毛虫,长大后有一对毛茸茸的翅膀,它喜欢皎洁的月光和凉爽的气候,所以叫"夜蝶"。

植物的"自卫"本领

月食和日食

董 强

一天晚上,小兔和小狗正在玩,突然发生了奇怪的事:明亮的圆月被一块阴影遮住了,而且阴影越变越大,月亮从"圆盘"变成"小船",然后变成"镰刀",最后整个月亮不见了;可过一会儿月亮又慢慢地变回原样。

小兔知道,这就是古人所说的"天狗吃月亮",实际上就是"月食"。

但月食到底是怎么产生的呢?小兔弄不清楚,他只好问博学的小狗。

小狗开玩笑地说:"你这就问对了——古人说月亮是我们吃的嘛!其实呢,月食是自然界的一种现象,当地球在太阳和月球之间,三者完全或几乎在同一条直线上时,太阳照到月球的光线会完全或部分地被地球掩盖,从而产生月食。"

"那为什么有时月亮被全部遮住,有时只会遮住一部分呢?"小兔不解其中的奥秘。

"月食分为月偏食、月全食及半影月食三种。当月球只有部分进入地球的影子时,就会出现月偏食;而整个月球进入地球的影子时,就会出现月全食;月球只是掠过地球的半影区,造成月面亮度极轻微减弱,就是半影月食,但这种现象人们很难用肉眼看出来。"小狗解释得很全面,小兔听了不住地点头。

"还有个现象,我也不明白:发生月食时,好像每次都是月亮的东边缘首先出现缺口。"小兔的问题真是不少。

"你真细心呀!"小狗对小兔竖起大拇指,"那是因为月亮围绕地球自西向东运行,月全食时月亮的东边缘首先进入地球的影子,所以月亮的东边缘首先出现缺口啊。"

"还有个有趣的现象,我要告诉你,"小狗笑了笑说,"月食总是发生在农历十五,月食在一年中可能发生两三次,也可能一次都不发生;而日食一定发生在农历初一。"

"你这么一说,我倒想起来了。"小兔说,"上一次太阳不知怎么少了一块,天色也暗了下来。实际上就是日食啊,也就是古代人说的'天狗吃太阳'吧。那天好像就是初一。可你能告诉我,日食是怎么回事吗?"

"我们知道,地球和月亮本身都是不发光的球体,它们只是反射太阳的光,在背向太阳的一面必然会出现黑影。当月亮运行到太阳和地球之间,如果太阳、月亮和地球正好位于或接近同一直线,太阳圆面被月球遮掩了,便发生日食。月亮将太阳全遮住就发生日全食;遮住一部分就发生日偏食;月亮离太阳太远,不能完全遮住太阳时,就发生日环食。"小狗认真地作了说明。

停了一会儿,小狗接着说:"日全食持续最长的时间是7.5分钟。全球每年日食最多出现5次,最少也有2次。日全食大约1年半发生一次。在北极和南极我们只能看到日偏食。日食,特别是日全食,是人们认识太阳、研究太阳和地球关系的极好机会。它还有助于人们研究天文、物理、气象、生物反应等方面的课题。我国保存有世界上最古老、最系统的日食记录。我们观察日食时要记住:无论何时都不能用裸眼,或者通过其他没有滤光措施保护

的望远镜、双筒镜来直接观测。"

今天,小兔跟着小狗学到了不少知识,他高兴得跳了起来。

知识链接

太阳是太阳系的中心天体,也是太阳系中唯一的恒星和会发光的天体。太阳系中的八大行星、小行星、流星、彗星、外海王星天体以及星际尘埃等,都围绕着太阳运行。太阳也围绕着银河系的中心运行。

第四辑
生活与科技探奇

在日常生活中,只要我们仔细观察,认真思考,就能发现许多有趣的问题,而这些问题之中所蕴含的科学道理却常常被忽视。

科技改变生活,知识就是力量。要掌握先进科技,知识储备必不可少。

读了下面的故事,你将会获得更多的科学知识,掌握更好的科学方法。

鱼缸里的泡泡从哪儿来的?狐狸的鬼把戏暗藏什么道理?被刺破的鸡蛋为什么不易发现?……

这些故事个个有趣,个个精彩。

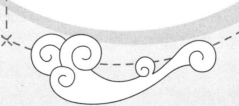

植物的"自卫"本领

狐狸的把戏

亚 杰

狐狸在菜市卖起土豆和玉米,因为他喜欢克斤扣两,又经常卖些质量不好的货物,所以大家都不愿意上他那儿买东西。

狐狸很着急,就打起坏主意。他到处造谣,说别人家卖的都是劣质货,自己卖的才是正宗产品,而且新鲜。

可他的东西依然不好卖,于是又想出新招来。

这天,他在摊位前摆上了两盆水,大声地吆喝起来:"快来看!快来看!东西好坏,比一比立马见分晓。不看不知道,一看吓一跳。市场上的土豆、玉米鱼龙混杂,好坏难辨。好东西吃了有利健康,劣质的东西吃了对身体十分有害。是好是坏,到我这儿试试便知。看我做实验,不花钱学知识,多好的事!"

狐狸这么一吆喝,还真的招来不少看客。他们中不少人手里拎着刚买的土豆、玉米,心想,能测一测自己买的东西是好是坏也是一件好事。

见围观的人越来越多,狐狸兴奋异常。他来到两盆水的中间,高声问:"各位,你们说说,如果土豆和玉米放进水里,能沉到水底不上浮,说明质量是好还是坏呢?"

"当然说明它们质量好啊,说明它们新鲜,不是放得太久而干瘪了的。"大家纷纷说道。

"同样,如果它们放进水里会浮在水面,那么说明这些东西不

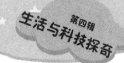

怎么新鲜了,对吧?"狐狸接着说。

大家纷纷点头。

见大家认可了自己的观点,狐狸更加来劲了。

"各位,我现在就把我卖的东西——土豆和玉米放进左边这只盆里,让你们看看是什么结果。为了避嫌,我让你们自己选土豆和玉米放进去。"狐狸信心满满地说。

山羊公公和兔阿姨走上前,抓了一把玉米和几块土豆扔进盆里。果然,玉米和土豆都沉到水底,没有浮上来。

"你的东西不会浮上来,我们买的也一定不会浮上来的。"周围的人认为这样的结果没什么特别的。

"好!"狐狸拍拍手说,"既然各位都认为自己买的也会有这样的结果,那么现在就来试试。请看,我这儿又备了一盆水。"狐狸说着指了指右边的水盆。

猪阿姨和猴大婶把她们刚买的玉米和土豆放了一些进去。奇怪的是,她们的土豆都浮在水面,很多玉米也浮在上面。

"怎么样?看到了吧?谁卖的东西好,不是明摆着吗?"狐狸扬扬得意地说。

"是啊,是啊!我们找这些商人去,他们也太不讲商业道德了!我们要退钱!我们要买你的玉米和土豆,不买别家的了!"大家七嘴八舌地说开了。有的人甚至转身要去退货了。

就在这时,博士猴走了过来。见众人怒气冲冲,忙问为什么。有人说明了情况。

博士猴听后,觉得这事有点蹊跷。他走到两盆水中间,仔细观察了一会儿,又用手捏了捏土豆和玉米,然后蘸了点水尝了尝。

他站起身,对大家说:"各位不要激动。你们都被狐狸骗了,

植物的"自卫"本领

问题不是出在土豆和玉米上,而是出在两盆水上。"

"这两盆水都一样啊,没什么不同。"大家又围拢过来,指着水盆说。

"我来给你们解释一下这其中的奥秘。"博士猴端起两盆水说:"大家用手蘸一下水,再尝一尝有什么不同。"

大家用两个指头,分别蘸起两只盆里的水来尝。这才发现,一盆是清水,一盆是盐水。

"问题就在这儿。"博士猴说,"水里加了盐,水的密度就加大了,放在里面物体的浮力也就增大了。也就是说,左边盆里的水密度小,右边的大。所以,才有了你们看到的结果。"

"原来是狐狸在玩骗人的把戏啊!"大家听完博士猴的解释才恍然大悟,"我们差点儿上了他的当。"

见自己的骗术被揭穿了,狐狸吓得扭头就跑。

知识链接

密度越大的物质人们会感觉越"重",密度越小的物质人们会感觉越"轻",这里的"重"和"轻"就可以说是密度的大小。

鱼缸里的泡泡

龙 吟

小猪买了三条漂亮的金鱼，红红的身子，又大又圆的眼睛，轻盈飘动的尾巴，看上去十分惹人喜爱。

小猪看着水里游来游去的金鱼，心里乐开了花。

"我要买最漂亮、最有特色的鱼缸，让它们住最好的房子！"小猪自言自语地说。

小猪一口气跑到了花鸟市场。这儿有各种造型、各种花色的鱼缸。小猪转了一圈，看得眼花缭乱，觉得各有特色，可却无法决定选择哪一个。

突然，小猪发现狐狸的摊位前挤满了顾客，大家都在争着买他的鱼缸。

小猪好不容易挤了进去，只见狐狸正在介绍他卖的鱼缸独特的地方："我的鱼缸和他们卖的都不同，是一种非常神奇的鱼缸。鱼儿住在这里，就像人住在有山有水的别墅里一样，感觉特别舒服。"狐狸说得眉飞色舞。

小猪上前仔细地看，并没有发现他的鱼缸有什么特别之处，反倒觉得做工粗糙，质量并不怎么样。

"你的鱼缸看上去并不美观，质地也一般，为什么价格要比别的卖家贵一倍呢？"小猪指着鱼缸问狐狸。

狐狸眼珠一转，故作深沉地说："看来你对鱼缸还是有研究

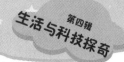

的。你问的问题正是我要介绍的。"

狐狸转过身,面对着架子上的一排鱼缸。小猪发现,这些鱼缸整整齐齐地排列着,其中最上方的鱼缸里放着一些水草,养着几条金鱼。鱼儿沐浴着阳光,欢快地游来游去,像是在做着有趣的游戏。清水、绿草、红鱼,让人看了赏心悦目。

狐狸狡黠地看了大家一眼,笑吟吟地说:"你们谁发现了我的鱼缸的奇特之处?"

众人摇摇头。小猪瞪着眼睛看了半天,嘟哝着说:"没有,没发现什么奥秘。"

"好,我再启发大家一下。"狐狸背着手,转着小眼珠说,"你们仔细看看,鱼缸里除了鱼,还有什么在动?"

"有水泡呗。"大家异口同声地说。

"对!"狐狸猛拍一下自己的屁股叫道,"群众的眼睛是雪亮的,这话一点儿没错!现在我来给各位演示一下,你们就会更加明白。"

狐狸利索地取下架子最上方的鱼缸,说:"鱼缸里的泡泡是怎么来的呢?"

"鱼儿自己吐出来的呀。因为鱼和我们一样,也要呼吸氧气。但它们和我们呼吸氧气的方式是不一样的,我们是用肺呼吸,鱼是用鳃呼吸。其实水里也是有一定量的氧气的,鱼张嘴吸水时鳃盖会关上,闭嘴时鳃盖会打开,水就流出来了。水流过鳃的时候,水里的溶解氧能被鱼儿鳃上的微血管吸收,鱼儿又将二氧化碳排出。因此,我认为,水里的泡泡就是鱼儿吐出来的。"一位年长的戴着眼镜的老熊慢声细语地解释着。

狐狸听后,竖起大拇指,手舞足蹈地说:"遇到高人了!真的

植物的"自卫"本领

遇到高人了！您的学问绝对了不得！真让我佩服得五体投地。"

接着，狐狸转过身，高声说："各位，刚才这位说到了关键点。他可以称得上是大学问家。不过，我还有问题要问大家。你们说，闷热的夏天，鱼儿为什么在池塘里急得上蹿下跳？"

"水里缺氧啊，鱼儿要跳出水面呼吸氧气。这时候搅动池水，对鱼儿还是好事呢。"小猪抢先说，"还有，水池里、鱼缸里放上供氧气泵，目的就是为鱼儿供氧，不让它们缺氧死亡。"

狐狸呵呵乐道："看来你比传说中的要聪明啊。你们都认为鱼儿不能缺氧，这是非常正确的。养过鱼的都知道这一点。你们想，如果现在有一种鱼缸能自动产生氧气，那该有多好啊！对吧？"狐狸说完，故意看着大家，张大的嘴一直没有合上。

"是啊，是啊。如果有这样的鱼缸，谁不愿意买呢！"大家七嘴八舌地说。

"告诉大家，我的鱼缸就有这种功能。"狐狸边说边仰起脑袋，一副得意扬扬的表情。

"噢？"四周发出一片惊叹声。

"刚才那位熊老先生说，我鱼缸里的泡泡是鱼儿吐出来的。那么，现在我要证明给各位看，我的鱼缸会自动产生氧气，吐出泡泡！"狐狸摇头晃脑地说，"要证明我不是说谎，非常简单：现在鱼缸里有鱼，泡泡在不停地往上冒。如果我把鱼捞上来，泡泡还能不断地往上冒，就能证明我说的是真话，对吧？"

"对啊，对啊。"周围的动物们纷纷点头认可。

"好！各位请看！"狐狸一边说，一边用网兜将鱼捞到另一只鱼缸里，"奇迹出现了——鱼缸里没有鱼，可泡泡还在往上冒！"

大家伸长脖子、瞪着眼睛看，果然如此，泡泡仍然冒得很欢。

"我的鱼缸比别人的贵,是有道理的。我的鱼缸有着极高的科学含量啊,我还有多项发明专利呢!"狐狸说着,顺手拿过其他顾客刚买的鱼缸,"这些都是他们从别的商家买来的,我再装上水,你们比比看。"

狐狸边说边往这些鱼缸里倒水,里面装满了水,也不见冒泡泡。

"你们看到了吧,它们没有一个会冒泡。"狐狸越说越得意,以致说话时唾沫乱飞,"也就是说,我的鱼缸会自动制造氧气,让鱼儿待在里面很快乐;同时也省去各位购买供氧泵的钱,一举多得,多值!"

"你说得太对了!我买,我也买!"大家听了狐狸的演示和介绍,纷纷掏钱要购买。

狐狸高兴得手舞足蹈,心花怒放。

"你们排好队,准备好钱,我来拿鱼缸。"狐狸说。

就在这时,围观和购买鱼缸的顾客们突然听到一声叫喊:"你们别急着买,我来揭开鱼缸冒泡泡的秘密。"

大家抬头一看,是森林里有名的猩猩博士。他学识渊博,为人厚道,做事认真,能够主持公道。

大家纷纷放下手中的鱼缸,等着猩猩博士说话。

猩猩博士走上前,不紧不慢地说:"狐狸刚才说的话、做的演示,我听得明白,看得清楚。他说的鱼缸能制造氧气,简直是一派胡言!"

"你别以为你是博士就能随便诬陷我!你有什么证据?"狐狸不服气地说。

"你的鱼缸里放进了水草,又在太阳下晒了很长时间。水草在阳光下是会进行光合作用的,也就是说,水草能吸进二氧化碳和

植物的"自卫"本领

水,放出氧气。我们看到的那些泡泡,实际上就是水草在释放氧气。"猩猩博士边说边拿出水草,"现在我拿走水草,你们发现了吧,水里的泡泡越来越少了。再过半小时,最多一个小时,水里就再也不冒泡泡了。"

"原来是这样啊!"周围的动物们这才恍然大悟。

"其实,无论是鱼缸里的水草,还是江河湖泊里的水草,它们都有这样的作用,都会释放氧气。"猩猩博士进一步解释,"之所以这样,是因为水草内部的叶绿体在阳光的作用下,把经气孔进入叶子里面的二氧化碳和由根部吸收的水转变成葡萄糖,同时释放出氧气。这就叫光合作用。"

"这个骗人的狐狸,我们差点儿上了当!我们不买了!都是些劣质产品,还在四处骗人!"顾客们很愤怒。

狐狸见猩猩博士揭穿了他的谎言,吓得早就溜走了。

知识链接

光合作用,即光能合成作用,是指含有叶绿体绿色植物、动物和某些细菌,在可见光的照射下,经过光反应和碳反应,利用光合色素,将二氧化碳和水转化为有机物,并释放出氧气(或氢气)的生化过程。

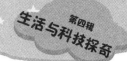

阿基米德与金王冠

吕德坤

叙拉古国王好炫耀自己,一天,他召来一位有名的金匠,让他给自己做一顶世界上最好的王冠。国王给了金匠一些纯金,嘱咐他:将这些金子全部用完,不得随意增减,否则一定严惩。

金匠接过闪闪发光的金子,美滋滋地答应了。这个金匠虽然手艺不错,可是贪得无厌,见到金子总要弄一点下来。今天见到国王这么多纯金,他早将国王的话抛到了脑后,终于按捺不住,从中分出一些,留作自己用。

金匠心想:我只要在王冠里掺上一些铜,使王冠的重量不变,国王即使称一称,也发现不了。不久,一顶掺了铜的金王冠做好。金匠将它送给了国王。

国王仔细看了看王冠,觉得造型不错,很能显示国王的威风。可他总感到这王冠的色泽有些异样,同纯金比起来总有那么一点不一致。他怀疑金匠是不是在其中做了手脚。讯问金匠,金匠矢口否认,而且指天发誓,并说:"如果国王不相信,可以称一称。"国王命令手下人一称,同先前的重量一样。但是,他们没法知道王冠是不是纯金做的。

国王正在犯难的时候,一位大臣建议让阿基米德来鉴定一下。阿基米德是古希腊哲学家、数学家、物理学家。他发明过螺旋抽水机,被称为"力学之父"。数学著作有10余种。他作为一个伟大

植物的"自卫"本领

的科学家，很多难题到他手上总能迎刃而解。阿基米德被请来了，他看了又看，掂了又掂，也没想出种辨别方法。

但阿基米德并没有停止思考。晚上，阿基米德洗澡时仍在想着这个问题。由于澡盆的水放多了，阿基米德坐进盆中时，水便溢了出来。阿基米德突然灵机一动，找到了解决问题的办法了。

他没有来得及穿衣服，兴奋地从澡盆中跳出来，光着身子大喊大叫："我找到了！我找到了！"一些人听到了叫喊声过来看，都以为阿基米德发疯了。

阿基米德马上跑到王宫，见到了国王，说："我找到称王冠的办法了。假如王冠是纯金做成的，它的体积和纯金块的应该一样，所以放到一个容器里，溢出来的水应该一样多。现在只要试一试就知道了。"

国王一听，果然是个好办法。他命令手下人备好容器、水和秤。阿基米德将王冠和纯金块分别放入水中，然后将溢出的水分别称了称。结果发现，放王冠的那只容器溢出的水多，显然说明王冠的体积比国王给的纯金块要大，金匠从中做了手脚。

国王大怒，将金匠传了进来。金匠一看阿基米德的办法，像泄了气的皮球瘫倒在地。他承认自己在王冠中掺了假。

机智的阿基米德终于将问题解决了。

知识链接

阿基米德（公元前287年~公元前212年），出生于西西里岛的叙拉古。古希腊著名的哲学家、物理学家、数学家，设计并制造了很多种机械，如螺旋抽水机、军用投射器等。

被刺破的鸡蛋

姚敏淑

今天又是个好天气,风平浪静,阳光灿烂。猎狗亨特探长躺在树下的椅子上,一边吃着早点,一边看着当天的新闻。

"但愿今天没什么事儿发生,让我好好享受这舒适的阳光。"亨特心里想。

突然,鸡妈妈一边哭,一边向亨特跑来。

"哎呀,看来又休息不了啦!"亨特连忙站起身。

还没等亨特开口问,鸡妈妈就哭喊道:"探长啊,你得给我抓到坏蛋啊!我非狠狠揍他不可!"

"鸡妈妈,你别着急,有什么事慢慢说。"亨特赶紧上前安慰她。

"是这么回事,"鸡妈妈抹了一把眼泪痛心地说,"我花了好几个月,下了一二十枚蛋,本想好好孵出一窝宝宝。我真是尽心尽力啊,除了一天下来一次找点吃的喝的,其他时间都蹲在窝里。然而,我的所有辛苦都白费了。20天过去了,小鸡应该出壳了,可没有一枚蛋孵出小鸡来。这种情况在我身上从来没发生过。我觉得肯定是有谁和我过不去,对我的蛋动了手脚!"

"那么,你发现你的蛋损坏了没有?"

"没有啊,"鸡妈妈说得很肯定,"都是完好无损的。"

"你带我去看看!"亨特探长让鸡妈妈带他来到鸡窝前。

鸡妈妈真是个爱干净的好妈妈,鸡窝很整洁,而且位于墙角,安全又暖和。

亨特探长走进鸡窝,因为光线不好,他拿起电筒照了照,将蛋翻看了一下,并没有发现什么异常。

这时,鸡爸爸也走了进来。

"这是我的爱人。"鸡妈妈介绍道,"鸡爸爸也是非常优秀的爸爸,我们以前的孩子也都很出色,他们现在都长大了。"

亨特探长本来还怀疑鸡蛋本身有问题,或者是鸡妈妈第一次孵蛋,没有经验。听了鸡妈妈的介绍,他没再问什么,说:"我带两枚蛋回去,好好观察研究一下,看能不能有别的发现。"

"你们放心,我会查个水落石出的。"出门的时候,亨特探长信心满满地说。

回到实验室,亨特探长粗略看了看,仍然没有发现鸡蛋上有什么疑点。他只好用仪器来帮忙。他把鸡蛋放到放大镜下仔细看,突然,他兴奋得跳起来:"我找到了!找到了!"

原来,蛋壳上有两个很小很小的孔,而且是对称的,上面还被涂上了一层胶水,小孔小得肉眼不仔细分辨,根本发现不了。

亨特探长又看了另一枚鸡蛋,也找到了同样的小孔。

问题似乎找到了,就出在这个小孔上。

探长又来到鸡妈妈的家,他们这才发现,所有鸡蛋上都有这样的小孔。

"这肯定是人为的,我们不可能下这种蛋。谁这么缺德呀!"鸡妈妈说着,又流泪了。

"那么,你下蛋以后,蛋就一直在这儿吗?"亨特探长问。

"是啊。"鸡妈妈回答。

"你有没有发现谁来过？"亨特探长进一步问。

"没有。但我有时要出去找吃的喝的，可能不知道。"

"这样吧，我们一起去查看监控录像吧。"探长建议。

通过调看监控录像，他们终于发现，尖嘴狐狸来过好几次，而且每次都是趁鸡妈妈外出时进去的，他进出总是东张西望、鬼鬼祟祟的。

亨特探长叫来狐狸。狐狸装出一脸茫然的样子，说："我是来过几次，可我是来看望鸡妈妈的。自从探长你上次找我谈话后，我再也没偷过蛋了。"

"那么，这些蛋上的小孔是不是你扎的？"探长严厉地问。

"不是，肯定不是。我哪有那本事，鸡蛋壳那么薄，一扎还不裂了？"狐狸阴着脸说。

"你肯定是用又细又长的针扎的。"鸡妈妈推测。

"那你试试啊，扎这么多枚蛋，一枚都不破碎也没有裂纹，可能吗？"狐狸阴阳怪气地说。

鸡妈妈真的拿来了又细又长的针，她小心地扎了几枚，大多数都破了或是有裂纹。她心想：要想扎这么多鸡蛋，一枚都没有裂纹，几乎没有可能。

"你现在无话可说了吧。"狐狸得意扬扬地说。

"慢着，我有话要说。"亨特探长走到鸡妈妈跟前，拿起针说，"你再给我拿来胶带，我试给你们看。"

亨特探长用胶带在鸡蛋中部绕了一个圈，然后用针向有胶带的地方扎下去，又从对面有胶带的地方穿出来，鸡蛋不但没破，连裂纹都没有。

看了探长的演示，鸡妈妈惊得目瞪口呆；狐狸更是惊得张大

了嘴，吓得浑身哆嗦。

"这就是你的鬼把戏，"亨特探长说，"你使用胶带缠绕鸡蛋，因为有胶带张力的保护，蛋壳上的裂纹就不会扩大。你再用胶水涂抹，在黑暗中，鸡妈妈根本发现不了。"

"你说是我干的，有证据吗？"狐狸拒不认错。

"当然有！"探长板着脸说，"我昨天从鸡蛋壳上提取了指纹，又从你的资料中调取了你的指纹，经过比对，两者完全一致。你自己看吧！"探长说着，将纸上的比对结果扔到狐狸面前。

狐狸这下傻眼了，两腿颤抖，结结巴巴地说："我承认……是我干的……因为鸡妈妈曾经向你告过状——就是上次偷蛋事件，我就一心想报复她，于是想出了这个主意，没想到还是被你们发现了。我认罚。"

亨特探长二话没说，拿出绳子，绑走了狐狸。

知识链接

卵生动物是指用产卵方式繁殖的动物。一般的鸟类、爬虫类、大部分的鱼类和昆虫几乎都是卵生动物。卵生动物产下卵（蛋）后，经过孵化，变成动物，其营养来自卵本身。

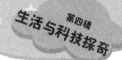

白开水是最好的饮料

王 震

小猪不爱喝白开水，平时只喝各种饮料，而且每天都喝很多。

妈妈实在没办法，只得请森林保健医生啄木鸟来给他讲一讲有关常识。

"白开水是最好的饮料。"啄木鸟医生开门见山地说，"补充液体最好的物质是白开水。小学阶段正是人生长发育的旺盛时期，需水量也相对较大。每天饮用适量的白开水，能促进新陈代谢，提高抗病能力。如果每天早晨空腹喝一杯加入少量盐的白开水，还能润肺、清肠、通便，直接有益于消化功能。"

"我家小猪每天总是喝许多饮料，这样有危害吗？"站在一边的猪妈妈问。

"滥饮营养饮料很不好。"啄木鸟医生解释道，"因为各种饮料几乎都含有较高的糖分，容易降低食欲，使人发胖，易引发许多疾病，如龋齿、近视、软骨症、多动症、消化不良等。再者，过多地饮用饮料，会使人体受到防腐剂的影响。如果常饮易拉罐饮料，就会使体内铅的含量增多，对身体产生副作用。"

"现在是夏天，除了白开水，我喝什么才好呢？"小猪被啄木鸟医生这么一说，心里有些担心了。

"我给你介绍几种有利于健康的冷饮吧。"啄木鸟医生说，"夏天，可食用的冷饮较多，有冰西瓜汁、冰棍、雪糕、汽水等。在

这些冷饮中，最适合大家的是冰西瓜汁。因为冰西瓜汁不仅含有葡萄糖、果糖、维生素和矿物质等营养物质，可以补充人体的需要，而且冰西瓜汁还具有止渴、解热、利尿、排便的功能。"

"好吧，我以后多吃您说的东西。"小猪点着头说。

"此外，"啄木鸟医生接着说，"夏季用绿豆煮汤，冷后加入适量的白糖，也是极好的清凉饮料，不仅能提供丰富的营养，还具有清热解毒、消暑止渴、利尿消肿的功能。用绿豆制作的凉粉或粉皮，加入其他调料伴食，也能消暑去火，但一定要注意卫生，如拌入大蒜则可起到杀菌作用。"

听完啄木鸟医生的讲解，小猪对妈妈保证："我从今天开始，尽量不喝饮料了，多喝白开水，多吃啄木鸟医生介绍的东西。"

妈妈很高兴，爱抚地拍了拍小猪的脑袋。

知识链接

日常生活中，我们不要等到口干舌燥时才喝水，要养成主动喝水的习惯，就是说，我们口不渴时也要定时喝水。

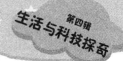

贪吃挑食的宁宁

蒋俊华

这天,妈妈带宁宁来到快餐店,宁宁可高兴啦,因为他平时最爱吃零食了。他趁妈妈打电话的时候,选了满满一盘食物,有炸鸡腿、冰淇淋、玉米棒、汉堡包、薯条……一股脑,全吃了。

没想到,回到家里,宁宁觉得肚子很痛,接着又吐又拉,经医生诊断,他患了急性胃肠炎。

医生告诉宁宁和他的妈妈:切不可美餐暴食。因为人的胃是由平滑肌组织构成的一个肉口袋,胃的容量是有限的,消化能力也有一定限度。像宁宁这样吃得过多,胃蠕动变慢,食物在胃内长时间滞留,就会发酵腐败,产生大量气体和有害物质,刺激胃黏膜,出现饱胀、恶心、呕吐等症状,刺激肠道,形成腹泻。因此,有好东西的时候,一次不要吃太多,也不要多吃油腻、生冷的食物。

"医生您说得太对了!他经常这样做。"妈妈说,"另外,他还经常挑食。我说他,他总是不听,他会听医生话的。"

医生笑笑说:"挑食危害也是极大的。我们人体要保证正常的生长发育与活动,必须依靠每天从食物中摄取的营养。人体所需的六大营养素——蛋白质、脂肪、碳水化合物、维生素、无机盐和水,它们存在于各类食物之中。如:优质蛋白主要来源于鸡、鸭、鱼、肉、蛋,维生素、无机盐则存在于动物内脏、蔬菜、水

果、谷物中。一味地挑食，不仅会影响人体正常的生长发育，严重的还会产生疾病。"

听了医生的话，宁宁不住地点头。这时他也想起自己班上两位同学的事。于是他说："我们班上次体检就有这样的例子：徐勇同学平时最怕吃荤菜，一日三餐，以素食为主，并且吃饭要吃精米，吃面要吃精白面，他是班级中最瘦、最矮的，也是请病假最多的，医生诊断为营养不良。我们班的小胖子王刚同学正好相反，他只吃荤菜，不吃素菜，医生说他营养过剩。"

"看来你已经明白其中的道理了。"医生高兴地说，"我们应做到合理营养，平衡膳食。在饮食中，应注意多选用绿叶蔬菜和鲜豆，每天都应该有一定数量的动物蛋白和豆类蛋白。粮谷类应当以标准米、面为主，富强粉、精白米可偶尔食用变换一下花样。适当搭配些粗粮。冬季可以适当增加脂肪的供给量，来提供较多的热能。夏季可多选用清淡凉爽的食物。"

"我以后再也不挑食了，更不会暴饮暴食了。"宁宁的话让妈妈非常激动，她轻轻地亲了宁宁一下。

知识链接

日常生活中，我们要做到不暴饮暴食、不挑食、多锻炼，保持健康的生活方式。

患上肥胖病的小猪

孙 哲

小猪好吃懒做是出了名的。最近医生给他做体格检查,告诉他患上了肥胖病。

"肥胖也是病?"小猪很不解,"医生,你能说说什么是肥胖病吗?"

"当皮下脂肪积聚过多,体重超过相应身高应有体重的20%以上,就是肥胖。"医生解释道。

"肥胖病是怎么产生的?"小猪又问道。

"肥胖病的原因主要是多食、少动。除此以外,也有部分是由于遗传因素、内分泌失调、精神因素等造成的。"医生说,"但从我了解的情况看,你患上这种病主要由吃得多、动得少造成的。"

"肥胖病有危害吗?"小猪对肥胖病似乎并不十分在意。

"当然有危害。"医生说,"肥胖常会引起高血压、糖尿病、冠心病、高脂血症、睡眠呼吸暂停、抑郁症等,对健康很不利呀。"

"我现在有了肥胖病该怎么办呀?"小猪听医生这么一说,心里有些紧张了。

"你现在啊,要注意科学饮食,少吃糖类和油脂类食品,每天要吃一些粗粮、蔬菜和水果。另外,要改掉一边看电视一边吃零食的习惯,更不要经常食用'洋快餐'。每天应该保证适当的户外活动,定时参加适宜的运动,并逐渐增加运动量。"医生建议道,

"通过锻炼，控制和管理好饮食，你会逐渐变得和以前一样健康的。所以，你也不用那么紧张。"

"好的，我从现在开始就进行锻炼。"小猪说着就做起运动操来，逗得医生和周围的人哈哈大笑。

知识链接

可以按这样的公式计算自己是不是过于肥胖：标准体重（kg）＝［身高（cm）-100］×0.9。如果体重超过标准体重20%，就可能患有肥胖症了。

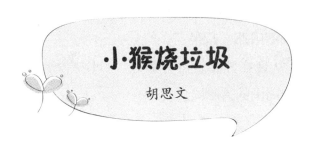

小猴烧垃圾

胡思文

今天轮到小猴做值日生。他做事非常利索，很快就将垃圾集中到垃圾筒边。

小猴心想："我还是将这些垃圾烧了吧，免得熊伯伯拉这么多脏东西。"

就在小猴点火时，小羊跑了过来，问他点火干什么。小猴说出了自己的想法。

小羊认真地说："你这是在污染空气啊！同时，这么做也容易引起火灾，是非常危险的。"

接着，小羊告诉小猴，在校园内如何防治空气污染："（1）不可在校园内燃烧废纸或点燃枯草。（2）吃的瓜皮果壳不得乱扔，以防腐烂后散发有害气体。（3）公共厕所要经常保持清洁，更不能随地大小便。"

"你这么一说，我觉得很有道理。"小猴似乎明白了不少，"那你再说说在校园里如何防室内空气污染吧。"

见小猴听得很认真，小羊也来了兴致："人的活动是室内污染物的来源之一。人不断呼出二氧化碳、水蒸气，散发出多种病菌及各种气味。因而，人员密集的教室，空气污染尤为严重，人在这种环境下长时期逗留会感到很不舒服，会使人头晕、困倦、注意力涣散等。因此，教室内上课时，应打开窗户，保持空气流通。

下课时，应及时到户外呼吸一下新鲜空气，不要总是待在教室内不动。同时，在搞好室内卫生时应注意下列事项：（1）用湿抹布擦黑板，减少粉尘污染。（2）用水洒地后再清扫，减少灰尘飞扬。（3）冬季教室内如有取暖装置，如用煤炉取暖，必须安装风斗，并定时开窗。（4）室内不得吸烟。（5）家庭中，厨房内应有换气扇，并经常开窗通风。另外，空调房间不可久待。"

"我想噪音也应该是污染吧？"小猴也有了新发现。

"是啊，我正要告诉你呢。"小羊越说越兴奋，"防噪音要做到：（1）注意在公共场合的表现，不要高声叫喊、大声喧哗，说话、唱歌、朗读时要讲究发声方法，不能直着嗓子喊叫。（2）不去歌厅、迪斯科舞厅。（3）不要在高噪音的马路边看书、乘凉。（4）不要养成用耳机听音乐、听广播的习惯。（5）在家里，控制电视机、音响的音量，不要太大。（6）不要在教学区内追逐打闹、高声喧哗。（7）植树种草，这样可以吸收一部分噪音。"

"我今天真的学到不少知识啊，谢谢你，小羊！"小猴高兴地说道。

知识链接

从物理学角度来说，噪音就是波形不规则的声音。从环保角度来说，噪音就是妨碍人们正常生活、工作、学习、休息，以及干扰人们所要听的声音的声音。